若殿はつらいよ
ふたり竜之介邪淫剣

◆

鳴海　丈

この作品はコスミック文庫のために書下ろされました。

目次

第一章　姦《かん》と斬《ざん》

一

「――女、待て」

湯屋帰りのお梅《うめ》の前に、不意に立ち塞《ふさ》がった者がいた。

若竹色の着流し姿の武士である。顔は山岡頭巾で隠していた。

「何か……」

御用でしょうか――と言おうとしたお梅の喉元に、脇差の切っ先が突きつけられた。

「その軀《からだ》、わしが味見してやろう。こっちへ来い」

そう言うと、恐怖で固まってしまったお梅の軀を、近くの路地口に引きずりこんだ。

竪川《たてかわ》沿いの本所緑町《ほんじょみどりちょう》の通りである。亥《い》の上刻《じょうこく》――午後十時だから、晩夏とはいえ、人通りは絶えていた。

「ゆ、許して……」

商家の羽目板《はめいた》に押しつけられたお梅は、震えながら言った。

「声を出すな」

着流しの武士は、後ろ向きになったお梅の着物の裾《すそ》を捲《まく》り上げた。

肌襦袢《はだじゅばん》も赤い下裳《したも》も捲り上げて、二十一歳の臀《しり》を剝《む》き出しにする。

路地に射しこむ五日月の細い光に、丸い臀が照らし出された。

「ふうむ……これは男を識《し》っている臀だな」

脇差を左手に持ち替え、右手でお梅の臀部《でんぶ》を撫でながら、その武士は楽しげに言う。

「しかし、数は多くない。三人か四人というところだろう」

そして、自分の着物の前を開いて、下帯の脇から男のものを引き出した。

「お願いです、やめて…」

お梅の哀願も虚《むな》しく、その男根が彼女の肉体に突入した。

「ひっ」

濡れてもいない女壺《にょつぼ》を凌辱《りょうじょく》されて、お梅は苦痛の悲鳴を上げる。

「ふむ……なかなか良いぞ」

脇差を鞘《さや》に納めて、その武士は余裕たっぷりに腰を動かす。

「湯上がりの肌の味は、また格別だな」

山岡頭巾の前を開いて、その武士は、お梅の顔を自分の方へねじ向けた。

そして、お梅の口を吸う。

「う、ううぅ……」

眉をしかめながら、お梅は相手の顔を目にした。

目鼻立ちの整った美男である。年齢は二十代半ばだろうか。

口を外すと、その武士は薄笑いを浮かべて、

「やはり、嫌がる女をものにして嬲《なぶ》るのは痛快だ」

さらに腰の動きを速める。

(早く終わって……)

お梅は苦痛に耐えながら、そう願っていた。

しかし、終わった後に自分をどうするつもりのなのか、わからない。

口塞ぎに息の根を止める——ということも、考えられるのだ。

その時——男根の律動《りつどう》が急に止まった。

「惜《お》しいが……獲物《えもの》が来た」

頭巾の武士は、お梅から男の道具を抜き取ると、手早く後始末をした。

「おい、女。縁《えん》があれば、また可愛がってやろう」

そう言って、その武士は路地から出ていった。

「……………」

安堵の余り、お梅は臀を剝き出しにしたままで、その場にへたりこんでしまう。

見ると、頭巾の武士は軒下《のきした》の暗がりを音もなく移動していく。

三目橋《みつめばし》の方から、提灯《ちょうちん》を下げて歩いて来る者があった。

中年の商人と丁稚《でっち》小僧である。

その二人の行く手に、頭巾の武士が立ちはだかった。

頭巾の武士が何か言ったが、距離があるのでお梅には聞き取れない。

商人は怯《おび》えた様子で、懐《ふところ》から財布を抜き出して相手に渡した。

頭巾の武士はそれを懐にねじこむと、いきなり、抜刀した。

「わあっ」

袈裟《けさ》懸《が》けに斬られた商人は、仰向《あおむ》けに倒れる。

悲鳴を上げて、小僧が臀餅をつく。腰が抜けたのだろう。

頭巾の武士は、さっと血振《ちぶり》すると、小僧には目もくれずに歩き去った。

その時になって、お梅はようやく、自分が息をするのを忘れていたことに気づいた。

大きく息をつくと、がたがたと全身が震え出す。

気力を振り絞り、お梅は四《よつ》ん這《ば》いで、路地から這い出した。

「どうした、姐《ねえ》さん」

通りかかった夜廻りの老爺《ろうや》が、驚いて立ち止まった。

「あそこ…あそこで……」

お梅は、倒れている商人の方を指さして、

「辻斬り……人殺しです」

喘《あえ》ぎながら、そう言った。

徳川十一代将軍家斎《いえなり》の治世――陰暦七月初めの夜のことであった。

二

「竜之介《たつのすけ》様、いらっしゃいますか、竜之介様っ」

そう言いながら、浅草阿部川町《あべかわちょう》の家へ飛びこんで来たのは、初老の御用聞き・由造《よしぞう》である。

「親分か——そろそろ休もうと思っていたところだ」

血相を変えている由造を見て、居間にいた松平竜之介は微笑を浮かべた。

——遠州鳳藩《えんしゅうおおとり》十八万石の嫡子だった竜之介は、それを弟の信太郎《しんたろう》に譲って若隠居となり、今は気楽な若殿浪人というところだ。

お新《しん》・桜姫《さくらひめ》・志乃《しの》と三人の妻を持つという奔放《ほんぽう》さで、しかも、桜姫は将軍家斎の娘であった。

つまり、家斎は竜之介の義父ということになる。

その義父に泰山流《たいざんりゅう》の腕前と正義感を見こまれた竜之介は、隠密剣豪として家斎の命を受けて、徳川の世を揺るがすような様々な大事件を解決していた……。

「何か事件らしいな」

「へい…それが……」

息を切らせた由造が、着物の裾《すそ》を下ろして正座する。

「どうも、胸の悪くなるような事件でして」

「人殺しか」

「はい、辻斬りと手籠《てごめ》…いや、手籠と辻斬りです」

額《ひたい》の汗を手拭いに吸わせながら、由造は言い直した。

「どうも、よくわからんな」

「半刻《はんとき》ばかり前ですが……本所の緑町で油問屋の佐島屋《さじまや》の主人が辻斬りに斬られました。ひどい奴で、大人しく財布を差し出したのに、受け取ってから斬り倒したそうで」

「たしかに、非道だな」

「その辻斬りの前に、下手人は湯屋帰りのお梅という女を、路地で手籠にしています」

「ふうむ……」

「下手人は武士ですが、その…若竹色の着流し姿だったそうで」

「若竹色……」

竜之介は視線を落として、自分の装束を見る。まさに、若竹色の着流しであった。

「そして――」

由造は言いにくそうに、

「これは、生き残った小僧の太吉《たきち》の話なんですが……下手人は、わしは松浦竜之介という浪人だが有り金を出して貰おう――と言ったそうです」

松浦竜之介というのは、市井《しせい》にある時の竜之介の変名である。

「なるほど」

竜之介は立ち上がって、

「それで、親分が飛びこんで来た理由がわかった――訊《き》かれる前に言っておくと、わしは今夜、この家から出ておらぬ」

「そうでしたか」

ほっとしたように、由造は言った。それから、何か言いたそうな顔になる。

床の間の刀掛けから大刀を手にすると、竜之介は再び座った。

「親分は、これが見たいのだろう」

すらりと大刀を抜いて、刃《は》を由造に見せる。

「血曇《ちくも》りはない。つまり、わしは今夜、佐島屋の主人を斬ってはおらぬということだ」

「有り難うございます」

初老の由造は、両手をついて頭を下げた。

「岡っ引というのは因果なもので、竜之介様が辻斬りなんぞ働くわけがないと信じていても、一通り確かめないと安心できないもんで……お許しください」

「許すも許さぬも、それが親分の稼業だ」

竜之介は納刀して、大刀を背後に置いた。

「わしは、親分のその律儀さを好ましく思っておるし、信じてもいる」

「そう言っていただくと……」

感激した由造は、言葉を詰まらせる。

「それにしても、困ったな」

竜之介は眉をひそめた。

「親分は、誰かに言いつけられて来たのだろう」

「へい」と由造。

「今月は南町の月番で、事件を扱ってるのは山辺《やまべ》の旦那です」

南町奉行所の定町廻り同心・山辺卓之進《たくのしん》は、上司から竜之介の本当の身分を聞かされていた。

なので、たまたま自身番で無駄話をしていた由造に、確かめて来るように——と命じたのである。

「無論、形だけのことで、竜之介様を疑っているわけではありません」

同心である自分が竜之介に問い質《ただ》すと、取り調べと同じになるので、山辺は、御用聞きの由造に確認させたのだろう。

「理屈で考えれば、辻斬りが名乗るのはおかしい。が、わしの名が出た以上、町方としては調べねばなるまいな。だが……」

竜之介は顔を曇らせる。

「本当の下手人が見つからぬ限り、わしへの疑いは完全に晴れたわけではない」

「まあ、その通りで。しかも——」

由造は、竜之介を見つめて、

「お梅を手籠にした下手人は、山岡頭巾の前を開いて、顔を見せています。その顔が……どうも、竜之介様によく似ているようで」

「偽者《にせもの》は頭巾で面体《めんてい》を隠しながら、わざわざ女に顔を見せたのか」

竜之介は苦笑した。

「どうも、手がこんでいるな。そこまでして、わしに濡れ衣《ぎぬ》を着せたいわけだ」

「この…つまり偽者に、心当たりはございますか」

「わからぬ」竜之介は言う。

「親分も知っての通り、わしを恨《うら》んでいる者は、大勢いるだろう……」

風魔《ふうま》一族、聖炎《せいえん》教団、山駆《さんが》党《とう》、血嵐《ちあらし》一味、タメニ屋、外道衆《げどうしゅう》、高坂《こうさか》党……泰平の世に仇《あだ》為《な》す恐るべき悪党たちと闘い続けて来た、松平竜之介なのである。

「その中の誰かが、竜之介様によく似た武芸者を見つけて、若竹色の着流し姿で悪事を働かせ、汚名をなすりつけようとしているのですね」

「そういうことになるな」

竜之介は白扇《はくせん》で、ぴしりと我が手を打った。

「第二の事件が起こらねば良いが……」

三

「旦那様――一昨日《おととい》の夜、本所で辻斬りがあったそうで」

「そうらしいな」

梶沢《かじさわ》藩六万石の兵法指南役・木谷惣八郎《きたにそうはちろう》は、歩きながら頷いた。

「有り金を全部渡したのに、ばっさり……極悪人でございますね」

若い中間《ちゅうげん》の弥助《やすけ》が、憤慨する。

「どうせ無頼浪人だろうが、酷《むご》いことをする。町方も、懸命に探していることだろう」

壮年で恰幅《かっぷく》の良い木谷は、静かに言った。

「見つかりましょうか」

「たぶん、見つかるだろうな。金を手に入れた辻斬りが真っ先にすることは、女と酒に決まっている。吉原や岡場所には、探索の目が光っているはずだ」

「なるほどねえ」

木谷と弥助が歩いているのは、江戸城の外濠に面した西紺屋町《にしこんやちょう》の通りである。

戌の中刻《ちゅうこく》――午後九時。七日月に照らされた通りには、人影はない。

「でも、辻斬りが現れても、安心ですね。旦那様の腕前なら、あっという間に一刀両断でしょう」

弥助は、提灯《ちょうちん》で道を照らしながら言う。

「さあ、どうかな」

木谷は微笑《ほほえ》んだ。

「案外、てこずるかも知れんぞ」

「そんなことはありません。旦那様は江戸一、いや、日本一の剣客《けんかく》ですから」

主人への絶対の信頼に溢れた、弥助の口調であった。

「――その腕前、見せて貰おう」

不意に、左側の町屋の暗がりから、若竹色の着流しの武士が現れた。山岡頭巾で顔を隠している。

「うあっ」

驚きのあまり、弥助は、提灯を取り落としそうになった。

その中間を庇《かば》うように、木谷は前に出て、

「私は梶沢藩の兵法指南役、木谷惣八郎だ。その方《ほう》は、本所の辻斬りか」

「如何《いか》にも」

平然と頭巾の武士は答える。

「金が目当てか」

「今宵《こよい》は違う……強い奴が斬りたくなった、それだけだ」

「私を斬れるかな」

「斬れる……たぶん、な」

辻斬り頭巾は、すらりと大刀を抜く。

「泰山流、松浦竜之介――お相手願おうか」

辻斬り頭巾は名乗った。だが、これが偽者《にせもの》の竜之介であることは、木谷にも弥助にもわからない。

「鷹羽新流《たかばしんりゆう》、木谷惣八郎――お相手しよう」

木谷も厳しい表情になって、大刀を抜く。

「弥助、退《さ》がっておれ」

「は、はい」

外濠の石垣の縁《ふち》まで弥助は退がり、主人と偽竜之介を見つめる。

両者は剣を正眼に構えて、対峙した。

距離は二間《けん》――三・六メートルほどだ。

（これは……）

木谷は刮目《かつもく》した。

（ただの無頼浪人ではない……この剣圧、恐るべき遣《つか》い手だ）

命に別状ない程度に負傷させて町方に引き渡すつもりだったが、そんな余裕はなさそうだ——と木谷は思う。

その瞬間、偽竜之介が飛びこんで来た。

「むっ」

喉元めがけて突き出された剣先を、木谷は右へ払う。

すると、偽竜之介は剣先を大きく回して、真《ま》っ向唐竹割《こうからたけわ》りに振り下ろして来た。

木谷は十文字にその刃《やいば》を受け止めると、右へ回りこむ。

相手の剣は下へ流れたが、さっと後ろへ退がった。

木谷は、それを追って、大刀を振りかぶった。

「ええいっ」

激烈な気合とともに頭頂部から股間まで真っ二つにする勢いで、木谷は大刀を振り下ろした。

が——金属音が響いて、血煙を上げたのは木谷惣八郎の方であった。

夜空の七日月を赤く染めて、木谷は倒れる。

「だ、旦那様ァァっ」

悲痛な叫びを上げた弥助は、梵天帯《ぼんてんおび》の後ろに差していた木刀を抜いた。

「この野郎っ」

後先考えずに、逆上した弥助は、偽竜之介に木刀で打ちかかる。

偽竜之介は、苦もなく木刀を横へ払った。

次の瞬間、大刀の峰が弥助の右肩に叩きこまれる。

「ぎゃっ」

右の鎖骨を粉砕されて肩甲骨まで割られた弥助は、木刀を放り出して倒れた。

そのまま気を失ってしまう。

「ふん……主人の仇敵《かたき》を討とうとするとは、中間にしては見上げた心懸けだ」

鼻で嗤《わら》った偽竜之介は、さっと血振して大刀を鞘《さや》に納めた。

「さて、次は――」

偽竜之介は、自分が出て来た町屋の方を見た……。


お照《てる》は屋根屋《やねや》の兼吉《けんきち》の女房で、今年で二十三になる。

十七で兼吉と一緒になって、一女二男の三人の子がいた。

兼吉は酒好きなのが玉に瑕だが仕事は真面目で、暮らし向きはまあまあである。

お照は今夜は、四谷《よつや》の知人の床上《とこあ》げの手伝いに行って、元数寄屋町《もとすきやちよう》の藤助《とうすけ》長屋へ帰るところであった。

人けのない夜道を歩くのは、あまり良い気分ではない。

外濠沿いの山城河岸《やましろがし》を歩いていたお照は、七日月が雲に隠れたので、立ち止まった。

「あら……」

提灯を持っていないので、月明かりがないと足元が危ない。辻行灯《つじあんどん》は、少し遠かった。

雲が流れて月が顔を出すのを待とうと、お照が夜空を見上げていると、

「――おい」

突然、背後から声がかかった。

そして、お照の喉に冷たい金属が押し当てられている。

「声を出すな。殺しはせぬ、その軀《からだ》を味見するだけだ」

そう言って、影法師はお照の肩を掴《つか》み、積み上げた天水桶《てんすいおけ》の蔭へ連れこむ。

そして、お照の着物の裾前《すそまえ》を割って、局部を露出させた。

豊かな繁みのそこへ、影法師は己《おの》れの肉根を押し当てた。

「やめて、やめてください……」

お照は、掠《かす》れ声で哀願する。

しかし、いきり立った肉根は彼女の内部に打ちこまれた。

「ああ……」

お照は顔をしかめて、絶望的な声を上げる。

その時、雲が流れて七日月の光が影法師を照らし出した。

若竹色の着流し姿で、山岡頭巾を付けている。その頭巾の前が開いてあり、整った顔立ちが見えた。

「わしは竜《たつ》の字――」

その武士は、にやりと嗤《わら》った。

「今宵は、お前の亭主では味わえぬ極楽を教えてやろう」

そして、竜の字と名乗った偽竜之介は、腰の律動《りつどう》を開始した。

第二章　偽者《にせもの》と本物

一

「竜之介様《たつのすけさま》――わざわざお越し頂き、まことに申し訳もございませぬ」

それから三日後の午後――数寄屋橋《すきやばし》門内の南町奉行所の一室で、松平竜之介は、筆頭与力の岡崎金之助《きんのすけ》と対面していた。

「呼ばれた用件は、大方察しがつく。例の辻斬りの件ですな」

「ご賢察《けんさつ》、畏《おそ》れ入ります……」

岡崎与力は溜息《ためいき》をついた。

「当然のことですが、竜之介様の本当の御身分を知っている我ら町方の者は、これが濡れ衣《ぎぬ》であることを承知しております」

「うむ」

「ところが三日前の夜に、御濠端で梶沢《かじさわ》藩の藩士が斬られて、屋根屋の女房が手籠《てごめ》にされました。斬られたのは、兵法指南役の木谷惣八郎《きたにそうはちろう》という御仁《ごじん》。重傷を負った中間《ちゆうげん》によれば、山岡頭巾を被った辻斬りは松浦竜之介と名乗ったそうで……」

その事件のことは、竜之介も御用聞きの由造《よしぞう》から聞いていた。

今日は由造も付いて来たのだが、今は南町奉行所近くの蕎麦屋《そばや》の二階で待っている。

北町奉行所の同心から十手《じつて》捕縄《とりなわ》を預けられた御用聞きなので、南町奉行所に入るのを遠慮したのだ。

「第一の事件の時から、瓦版屋には竜之介様の名を載せないようにと命じておいたのですが……昨日、その松浦竜之介が実在の人物であることを、現場の近くで聞きこみをしていた御用聞きの一人が、迂闊《うかつ》にも喋《しやべ》ってしまいました。それが、あっと言う間に梶沢藩の知るところとなってしまいまして」

「ふうむ……」

竜之介は茶を飲んで、岡崎与力の話の続きを聞く。

「昨夜、南町奉行所は辻斬りの正体を知っていて、なぜ、捕縛《ほばく》せぬのか——江戸家老から大変な剣幕で抗議がありました。町方が捕縛しないのなら、居場所を突きとめて梶沢藩が処断する――とまで言われまして……ほとほと困り果てました」

結局、今朝になって、南町奉行・筒井紀伊守政憲《つついきいのかみまさのり》は、肚《はら》を決めた。

「内々に、竜之介様と生き残った中間の顔合わせをする――ということで、梶沢藩に納得してもらいました。竜之介様には、まことにご迷惑なことと存じますが」

「それは仕方がない」と竜之介。

「もしも、阿部川町《あべかわちょう》に梶沢藩の者が押しかけて来て刀でも抜いたら、近所の者が迷惑だからな」

「では――」

「わしの方は構わぬ、会おう」

「そう言って頂けますと……」

岡崎与力は頭を下げる。

本来ならば、筒井紀伊守が直々《じきじき》に竜之介に頼むべき事柄なのだが、事態を大袈裟《おおげさ》にしないために、筆頭与力が対応しているのだろう。

「しかし、その中間は重傷と聞いたが、大丈夫なのか」

「峰打ちで、右肩の鎖骨と貝殻骨が折れております。三日前の今日では、とても動ける状態ではないのですが……本人は主人の仇敵《かたき》を討つためなら、這《は》ってでも町奉行所まで行く――と申したそうで……今、別室に藩士と一緒に待たせてあります」

「では、早速に」

「はい――」

岡崎与力は軽く手を打った。

隣の座敷との境の襖《ふすま》が開いて、以前に〈山駆党《さんがとう》事件〉で竜之介と面識のある与力・三村太左衛門《みむらたざえもん》が、両手をついて頭を下げる。

「中間の弥助《やすけ》を、道場へ」

「はっ」

「それと――」竜之介が言った。

「山岡頭巾を用意してもらいたい」

二

南町奉行所には、広さ三十畳ほどの道場がある。

同心たちが捕物《とりもの》の稽古をするところで、十手術だけではなく縄術、柔術や剣術も習う。

その板張りの道場に、岡崎与力と三村与力を伴って、山岡頭巾をかぶった松平竜之介が足を踏み入れると、

「あっ」

叫び声を上げたのは、戸板に乗せられた中間の弥助であった。

おそらく、戸板ごと大八車に乗せられて梶沢藩の上屋敷から来たのだろう。

右腕と右肩が動かないように、添え木をして晒《さら》し布を巻きつけている。

その両脇に、梶沢藩士らしい三人の侍がいた。

寝間《ねま》着《き》姿で無精髭《ぶしょうひげ》を生やした弥助は、左手で竜之介を指さして、

「あいつです、太田《おおた》様。あいつが旦那様を……」

「やはり、そうか」

一番年嵩《としかさ》と見える藩士が、血相変えて立ち上がった。

「俺は、梶沢藩馬廻り役の太田真兵衛《しんべえ》だ。木谷先生は俺の剣の師、捕縛の手間は要らぬ。ここで師の仇敵をとらせて貰うぞっ」

そう言って羽織を脱ぎ捨てると、袖《そで》が邪魔にならぬように、すでに襷掛《たすきが》けをし

ていた。

「お待ちください」と三村与力。

「こちらの松浦様…松浦殿は正々堂々と貴公たちと対面しているし、逃げも隠れも致さぬ。まずは、その弥助と話をさせていただきたい」

「ふむ……」

太田は二人の藩士と視線を合わせると、鯉口《こいぐち》を切った大刀を、不満げに鞘《さや》に戻した。

「泰山流《たいざんりゅう》、松浦竜之介――」

竜之介はそう言ってから、弥助に近づいて、

「どうだ、弥助とやら。辻斬りの声に似ておるか」

穏やかに尋ねた。

「う……」

血走った目を憎悪に光らせていた弥助は、戸惑った表情になる。

「どうしたのだ、弥助」

右側の藩士――佐々木与市《よいち》が問う。

「それが……背格好は似てるし、着物もこの通りですが……でも、声が違うよう

な」

「作り声だったのだろう」

左側の藩士――石原鉄蔵《てつぞう》が言った。

「では――」

竜之介は頭巾を取って、素顔を見せる。

「どんな声の調子だったかな、その辻斬りは」

「……………」

梶沢藩の四人は一瞬、唖然《あぜん》とした顔になった。

細面《ほそおもて》の貴公子である竜之介を見て、これが血と女姦に狂った辻斬りとは、とても思えなかったのだろう。

「もっと低い声だったような……」

迷いながらも、弥助が言った。

「こうかな――」

竜之介は三種類ほど声を変えて、名乗ってみる。

「どうなのだ、弥助」

太田真兵衛が、弥助の顔を覗きこんだ。俯いた弥助は、力なく頭を左右に振る。

「ううむ……」

三人の藩士は、顔を見合わせた。

唯一の目撃者である弥助が断言しなければ、竜之介を辻斬りと決めつけるわけにはいかない。

そもそも、顔を隠した辻斬りが名乗りを上げること自体が、おかしいのである。

竜之介の背後で、岡崎与力と三村与力が安堵の表情になっていた。

「弥助――そなたに訊《き》きたいことがある。辛《つら》いであろうが、木谷殿の仇敵を討つために必要なことだ」

竜之介がそう言うと、弥助は顔を上げる。

「どんなことですか」

その眼差《まなざ》しと口調から、先ほどまでの憎しみの光は消えていた。

「木谷殿と辻斬りの立ち合いを、そなたが見た通りに話して貰いたい」

「はあ――」

弥助は、ぽつり、ぽつりと話し始めた。

「なるほど……」

聞き終わった竜之介は、厳しい表情になっていた。

太田真兵衛の方を向いて、

「――太田殿と申されたな」

「ん……そうだが」

気まずそうに、太田は頷いた。

「立ち合いを再現して確かめたいことがあるので、木谷殿の役をお願いしたい」

「俺が先生の役を…よかろう」

太田は、少し嬉しそうな顔になる。

壁に掛けてある木刀から、二人は適当なものを選んだ。

そして、対峙してから、

「弥助。お前の位置は、そのあたりだな」

竜之介が確認する。

「はい、はい」

弥助は何度も頷いた。

「辻斬りが、このように大上段から振り下ろし――それを、木谷殿が剣を横一文字に構えて受け止めた――」

ゆっくりと振り下ろした竜之介の木刀を、太田が十文字に受け止めて見せた。

「そこから、木谷殿が右へ回りこみながら、相手の剣を下へ流す――」

「こうかな」

太田は、右へ回りこみながら、木刀の先端を斜め下へ向けた。

必然的に、竜之介の木刀は下へ流れる。

「太田殿。わしは、ここから後ろへ退《さ》がるから、そこへ真《ま》っ向唐竹割《こうからたけわ》りで打ちこんで貰いたい――本気で」

「本気で？」

驚いて、太田は訊き返した。

「本気でないと、わからぬことがある。お願いする」

「それほど言われるのなら――」

太田は表情を引き締めた。

「竜之介さ…殿、それは」

岡崎与力と三村与力は、あわてていた。ここで竜之介が怪我でもしたら、二人の責任になってしまう。

「さあ――」

竜之介が、下段の態勢から滑らかに後退した。

「うおおォっ」

太田が木刀を振りかぶり、風を巻いて振り下ろす。

その刹那《せつな》――しゅっ…と異様な音がして、太田の木刀が吹っ飛んだ。

勢いよく反対側の羽目板《はめいた》に命中し、そこに突き刺さってしまう。

そして、竜之介の木刀は、太田の額《ひたい》の手前に制止していた。その木刀の側面には、擦《かす》れたような痕《あと》がある。

「こ、これは……」

太田は、愕然《がくぜん》としていた。

岡崎与力たちも、信じられぬという表情になっている。

「それですっ」弥助が叫んだ。

「そのまま…旦那様は、あいつに縦一文字に斬られて……」

左手で顔を覆って、弥助は号泣する。

佐々木与市が、手拭いを出して弥助に渡してやった。

「――もう一度、ゆっくりとお見せする」

竜之介は木刀を引くと、一歩退がった。

「相手が退がったことで、木谷殿は好機と思い、上段から斬りつけた。だが、それは誘いだったのだ」

「誘い……？」

「このように、手首を返して下段の剣を左脇で円を描いて――一歩踏みこみながら、木谷殿と同じように上段から振り下ろす」

竜之介は、存在しない太田の木刀に合わせて、己《おの》れの木刀を振り下ろした。

「剣と剣が同じ軌道を描けば、粘りのある方が勝つ。粘り負けした方は、剣が外側へ弾かれて、斬られる――これが泰山流の奥義《おうぎ》、相斬刀《あいざんとう》という」

「相斬刀……」

太田は自分の両手を見てから、羽目板に突き刺さっている木刀に目をやる。

「恐ろしい業《わざ》ですな。粘り負けすれば、仕掛けたはずの自分が斬られる……」

「左様」と竜之介。

「まあ、突き詰めれば、剣技とは全て、そのようなものだが」

「たしか――」石原鉄蔵が言った。

「柳生新陰流《やぎゅうしんかげりゅう》には、合到撃《がっしう》ちという業があるとか」

「細部は違うが、同じ剣理のものだな……」

竜之介は木刀を下ろして、

「それにしても……辻斬りを働いている偽者《にせもの》は、わしと同門かも知れぬ」

憂《うれ》い顔で言った。

「竜之介様、お心当たりが？」

三村与力が訊いた。つい、〈竜之介様〉と呼んでしまう。

「いや……すでに故人だが、わしの泰山流の師の伊知川頼堂《いちかわらいどう》は、遠州鳳領《えんしゅうおおとり》で道場を開いていた。その門弟の中には、思い当たるような者はおらぬ。しかし……わしの名を騙《かた》っているのは、同門であることが理由のひとつなのかも知れんな」

「な、なるほど……」

竜之介は、ふと気づいたように、弥助の方を見た。

「弥助――そなたは怪我が治っても、この事件が解決するまでは外出はせぬ方がよい」

「なぜでございますか、松浦様。わたくしは歩けるようになったら、江戸中を歩きまわって旦那様の仇敵を捜しとうございます」

「辻斬りがそなたを峰打ちにしたのは、生かしておいて、松浦竜之介が下手人だと証言させるためだ」

「はあ……」

「しかし、そなたは本日、わしと対面して、辻斬りが騙りだったとわかった。すると――辻斬りとしては、そなたを生かしておくとまずいことになる。辻斬りを見た生き証人だからな」

「すると……」

「辻斬りは、そなたの口封じをしようとするだろう」

「あっ」

ようやく、弥助は、竜之介の忠告の意味を理解した。

「だから、屋敷から出ぬ方が良い。さすがの辻斬りも、大名屋敷には押し入ることは出来まいから」

竜之介は微笑して、

「苛立《いらだ》つ気持ちはわかるが、我慢しろ。辻斬りは、必ず、南町奉行所の方々が見つけ出す」

「……わかりました」

弥助は素直に、お辞儀をした。

「松浦様――」

太田真兵衛は襷を外して、態度を改める。

「中間風情《ふぜい》にまで厚くお気遣いいただき、礼を申し上げます」

そう言って、深々と頭《こうべ》を垂れる。二人の藩士も、それに習った。

竜之介の振る舞いや三村与力の言葉から、ようやく、彼が只者《ただもの》でないと気づいたのである。

「方々《かたがた》も、市中を歩き回って辻斬りを捜すつもりだろう。それは当然だ。しかし、相手が恐るべき邪剣の達人であることを、忘れぬようにな」

「松浦様よりも…上でございますか」

「どうであろう……」

竜之介は首を傾《かし》げて、

「だが、下ではないな。わしと同等か……うむ、それ以上かも知れぬ」

「竜之介様――」岡崎与力が言う。

「まだ、辻斬りの凶行は続きましょうか」

「続くだろう。理由はわからぬが、わしに汚名を着せるために」

松平竜之介は、静かな怒りを秘めた口調で言った。

三

「――御免よ」

玄関の方で声がしたので、お梅《うめ》は枕から頭を上げた。

聞き覚えのない男の声であった。

南町奉行所の道場で松平竜之介が弥助たちと対面した日――その夕方近くである。

本所相生町《ほんじょあいおいちょう》の一軒家が、お梅の家であった。

「はーい」

気怠《けだる》げに身を起こして、お梅は立ち上がった。

髪をちょっと直して玄関へ出ると、堅気とは違う物腰の初老の男が立っている。

見覚えがあった。

「あら……ええと、あの時に番屋にいた……」

あの時――とは、五日前の夜、偽《にせ》の竜之介にお梅が手籠《てごめ》にされて、自身番で取り調べを受けた時のことである。

「さすがに料理茶屋の女中だけあって、人の顔を覚えるのが得意のようだ」

　由造は笑顔を見せて、

「俺は、白銀町《しろがねちょう》の由造という北町の十手持ちさ。今月は南町の月番だから、あの時は、俺は口を出さずに黙って話を聞いてたがね」

「そうだったんですか」

「ちょいと邪魔していいかね。いや、この玄関先でいいんだ」

「はい……」

　お梅がそこに座ると、由造は上がり框《かまち》に腰を下ろして、

「実は、お前さんに頼みがあってやって来たんだ」

「頼み、ですか」

「うん。お前さんにひどいことをした侍は、山岡頭巾の前を開いて顔を見せたと言っただろう」

「……はい」

　お梅は俯《うつむ》いてしまう。

「それから、その侍は通りがかりの商人に松浦竜之介と名乗ってから、斬り殺した――そこでな、いわば首実検をして貰いたいんだ」

「辻斬りが捕まったんですか」

「いや、そうじゃない。逆だ」と由造。

「その人が辻斬りでないことは、南の旦那方も太鼓判を押している。だけど、辻斬りの顔を見ているお前さんに、一応、確かめて貰えば、白黒がはっきりするというわけだ」

「はあ」

よくわからない、お梅であった。

「本来は南の旦那が来るべきなんだが、その人は俺の知り合いなんで、俺が頼みに来たわけさ」

「そういうことなら……番屋へ行けばいいんですか。じゃあ、支度を……」

「いや――もう、この外で待って貰っている」

「え」

「――竜之介様」

立ち上がって、由造が声をかけた。玄関の脇にいた松平竜之介が、姿を見せる。

「あっ」

思わず、お梅は仰《の》けぞり、後ろに片手をついた。

若竹色の着流しに整った顔立ち――それは、あの夜の忌《い》まわしい暴漢にそっくりだったのである。

「驚かせて済まなかった」

竜之介が静かに言う。

「辻斬りは、そんなに、わしに似ておるのか……困ったな」

「……あ……いえ」

少しして、お梅は言った。衣服の乱れを直しながら、

「声が…お声が違います」

「うむ、声が違うか」

弥助も同じ事を言っていたから、声が違うのは間違いのないところだろう。

道場の後で、南町奉行の筒井紀伊守から一席設けるという申し出があったのだが、竜之介はそれを断って、由造とお梅に会いに来たのだった。

「こちらのお侍様と姿形は似ていると思いますが……」

お梅は、竜之介を上から下まで見つめて、

「なんというか、あいつは、もっと、ねっとりした感じでございました」

「ねっとり、か。お梅さん、上手いことを言うね」

由造は自分の腿《もも》を叩いて、

「つまり、竜之介様の品の良さが、辻斬り野郎には欠けていたというのだな」

「はい、そうです。目も、もっと卑《いや》しげで……」

「そうか、そうか。良かった。これで、お梅さんに会って貰った甲斐があるというものだ」

そう言ってから、由造は竜之介の方を向いて、

「では、竜之介様。あっしは、他に寄るところがありますので」

「うむ」

由造は、お梅にも会釈をして、さっと出て行った。

「わしが辻斬りとは違うと言って貰って、助かった。礼を申すぞ、お梅」

美男子の竜之介にそう言われて、お梅は、赤くなってしまう。

「あの……立ち話も何ですから、よろしかったら、お茶でも」

「そうか。では、邪魔をしようか」

竜之介は履物を脱いだ。

四

居間に通されると、お梅はいそいそと茶と菓子を用意する。

「良い家だな、一人で住んでるのか」

松平竜之介は、訊《き》いた。

「ええ」お梅は頷く。

「あたしは十四の年から料理茶屋〈巴屋《ともえや》〉の下女で奉公してたんですが……三年ばかりしたら──自分で言うのもおかしいですけど──器量が良いから女中になれ、と勧められて」

「なるほど、確かに」

改めて、竜之介はお梅を見つめる。

「嫌ですよ、そんなに見ては……」

お梅は恥じらった。

「それで、女中になって給金も上がったんですが……十九の年に、さる商家の若旦那と理無《わりな》い仲になっちまったんですよ」

「……」

「あたしも初めてだったもんだから、夢中になって……」

この家も、その若旦那が借りてくれたものであった。

そして、貰ったばかりの嫁と別れて、必ず、お梅を後妻にすると約束したのである。

お梅は女中を続けながら、若旦那は内緒で、この家に通って来た。

しかし、二人の関係は店の主人――つまり、若旦那の父親の知るところとなった。

番頭がやって来て、「この家は買い上げて、手切れ金代わりにくれてやるから、若旦那と別れるように」と言ったのである。

お梅は泣いて嫌がったが、言うことを聞かなければ、町奉行所に財産狙いで若旦那を誑《たぶら》かした――と訴えるという。

結局、家と引き替えに二度と若旦那に会わないという約束証文《しょうもん》を書かされた。

「笑っちまうことに、若旦那はあたしと別れてから半年と経たないうちに、別の女と出来たそうです……女房にしてやるなんて、最初から嘘っぱちだったんですね」

「それは気の毒だったな」

「いいんですよ。その後も男運は悪かったけど……十九でこの家を手に入れたんだから、世間には悪い男に騙《だま》されて金を巻き上げられて捨てられる女が多いことを考えたら、あたしは増《ま》しな方だった……」

それから、にっこりと笑って、

「お侍様。同情してくれるのなら、一杯、付き合ってくれますか」

「いいだろう。馳走になろうか」

竜之介は頷いた。

「じゃあ、待っててくださいね――」

浮き浮きした様子で、お梅は近所の仕出し屋へ行き、酒屋に寄って一升徳利を買う。

酒の燗《かん》をつけているうちに、仕出し屋が料理を運んで来た。

「どうぞ」

お梅の酌《しゃく》で、竜之介は飲む。

「店は休んでいるのか」

「ええ……だって、お客からじろじろ見られるんですもの」

竜之介に注いでもらいながら、お梅は言った。

「そなたが悪いわけではないのに……」

「でも、お侍様も濡れ衣《ぎぬ》を着せられたんでしょ。松浦竜之介――辻斬りの名乗りと同じ名前で、しかも、お顔まで似てる」

「そうだ。困ったものだよ」

「誰かに恨《うら》まれているんですか」

「どうだろうな」竜之介は苦笑した。

「恨みを買わぬように、気をつけているつもりだが――」

「わかった。きっと、女ね」

色っぽい目つきで、お梅は言う。

「お侍様に横恋慕して、思いが叶わなかったどこかのお大尽《だいじん》の娘が、よく似た浪人を大金で雇って悪事をさせているのよ」

「そんなことも、ないだろうが……」

竜之介は盃《さかずき》を干して、

「だが――わしに関わりのあるらしい悪党のために、何人もの人間が不幸になっていることは、申し訳ないと思っている」

「……」

酔いに目の縁《ふち》を赤く染めて、お梅は、竜之介を見つめた。

「ねえ、竜之介様とお呼びしてもよいですか」

「かまわぬよ」

「竜之介様……濡れ衣を晴らすのなら、お顔の他に、もうひとつ確かめないと」

「何かな、もうひとつとは」

「あれですよ」

お梅は、竜之介にしな垂《だ》れかかり、その耳に囁《ささや》く。

「あたしに罪なことをした、男の道具……」

正座している松平竜之介の膝前を、お梅の白い手が割って入る。

竜之介は膝を崩して胡座《あぐら》をかくと、お梅が動きやすいようにしてやった。

「まあ……」

下帯をやんわりと摑《つか》んだお梅は、その量感に驚いたようである。しかも、それは、まだ柔らかいのだ。

お梅は、竜之介の下腹部に顔を伏せた。

下帯の脇から、肉根を摑み出す。そして、鼻先をこすりつけた。

「ん、んんぅ……本当の男のにおいがする……」

欲情に濡れた声で言って、先端を口に含む。

若旦那に仕込まれたのか、お梅の舌使いは巧みであった。

すぐさま、竜之介の肉根には膨張し、猛々《たけだけ》しい威容を見せる。

玉冠部《ぎょくかんぶ》は丸々と膨れ上がり、その周縁部と胴部の間のくびれが深い。

いわゆる〈雁高《かりだか》〉である。

全長は、普通の男のそれの倍もあった。

胴部には太い血管が荒縄を貼りつけたように這い、粘土の塊《かたまり》のように弾力がある。

女の唾液で濡れたそれは、長く、太く、硬い——まさに巨根だ。

「こんな立派なお道具、初めて見たわ……」

あまりの性的昂《たか》ぶりに、お梅の目は霞《かすみ》がかかったようになっていた。

「ちょうだい、竜之介様。早く、犯して……」

お梅は裾前《すそまえ》を広げて、はしたなくも、自分から竜之介の膝の上に跨《また》がった。

逆三角形の恥毛に飾られた紅色の花唇は、触れられてもいないのに濡れそぼっている。

竜之介は巨砲の胴部を握って、狙いを定めた。

お梅がしゃがみこむと、ずぶずぶと肉壺に侵入する。

「あぅああァ……ァァ」

とてつもない質量の男根に女の中心部を真下から貫かれて、お梅は仰《の》けぞった。

「違う……全然、違うわ……」

喘《あえ》ぎながら、お梅は言う。

「あいつは、もっと小さくて……やっぱり、別人です……それよりも、竜之介様。もっと突いて、お願いっ」

「こうかな」

竜之介は、逞《たくま》しく突き上げてやった。

「ひぐっ、ひぐっ……凄い、喉まで届きそう……」

お梅の胸元を広げると、竜之介は、その薄茶色の乳頭を軽く嚙んでやった。

「あひっ」

びくっと軀《からだ》を震わせる、お梅なのだ。

それから、竜之介は、お梅の帯を解き着物も肌襦袢《はだじゅばん》も脱がせて、素裸にした。

合体したままで、お梅を仰向《あおむ》けに寝かせると、自分も着物を脱ぐ。

そして、本手《ほんて》——つまり正常位で、本格的に責め始めた。
波のように腰を蠢《うごめ》かしながら、花孔を突いて突いて突きまくる。
お梅は身も世もなく乱れて、燃え狂った……。

第三章　凶《きよう》　剣《けん》

一

「な、なあ、お波《なみ》……焦《じ》らさないでおくれ。わしの気持ちは、わかっているだろう」

夜も更けて、永代橋《えいたいばし》に近い深川相川町《ふかがわあいかわちよう》――出合茶屋〈愛染《あいぜん》〉の一室である。

二十歳くらいの女の手を取り、掻き口説いているのは、四十過ぎのでっぷりと肥えた商人だ。

浅草の海苔屋《のりや》〈山藤《やまふじ》〉の主人、徳右衛門《とくえもん》である。

「あら、旦那。あたし、そんなつもりじゃ……」

拒むような誘うような絶妙な姿態《したい》を見せているのは、ほっそりした色白の女だ。

粋《いき》なしのぶ髷《まげ》で、男好きのする顔立ち、声の調子も甘ったるい。

「淫奔《いたずら》な女だと思われていたなんて……哀《かな》しいわ」

「いや、そういう意味じゃないんだ」

あわてて、徳右衛門は弁解する。

「知ってのとおり、わしは七年前に女房を病《やまい》で亡くしている。それからずっと、色街《いろまち》など見向きもせずに商いに励んで来たが……半月前に、お前さんという女に会って、すっかり心が若い頃に戻ったような気がするのだ」

「……」

「この気持ちは浮ついたものじゃない。ちゃんと親戚にも根回しをして、お前さんを後妻に迎えるつもりだ」

「後妻に……」

お波は、ちらりと徳右衛門を見た。

その細い流し目がまた、男の腰椎《ようつい》を刺激するほど艶《つや》っぽいのである。

「そうだ。囲い者じゃなく、正式に山藤の女房にだ。だから、お波……今日こそ思いを遂げさせてくれっ」

そう言って、徳右衛門は、女にのしかかった。

お波は全く抵抗せず、ただ口だけで「いけません、旦那……」と小さく悲鳴を上げる。

裾前《すそまえ》が割れて、白い脛《はぎ》が見えた。

その時、さっと襖《ふすま》が開かれた。

「——おい、何をしているっ」

そう言ったのは、がっしりした体軀《たいく》の浪人者であった。黒っぽい着流し姿だ。三十過ぎであろうか、髭《ひげ》の剃り跡が青々として、精悍《せいかん》な面構《つらがま》えである。

「俺の女房を手籠《てごめ》にしようとは、不届きな奴だ」

「にょ、女房……？」

徳右衛門は仰天した。

「そうだ。お波は、この伊坂久万蔵《いさかくまぞう》の女房だ。武士の妻に不義を仕掛けたからには、覚悟は出来ているだろうな」

そう言って、左手に持った大刀の鯉口《こいくち》を切る伊坂浪人だ。

「ま、待ってください、わたくしは何も……お波…さん、あんたからも説明してくれ」

混乱しながらも、徳右衛門はお波に頼む。

「あなた、許して」

お波は裾の乱れを直しながら、

「あたし、無理矢理、この人に連れこまれたんです……」

「何だって」

「おい、徳右衛門。いい加減に、観念しな」

嗤《わら》いを浮かべて、伊坂浪人は伝法《でんぽう》な口調で言う。

「山藤の暖簾《のれん》が大事なら、有り金残らず出して貰おうか」

そこでようやく、徳右衛門は、二人が共謀していて、自分が美人局《つつもたせ》に引っかかったことに気づいた。

伊坂浪人は隣の座敷に潜《ひそ》んで、徳右衛門が言い逃れできない場面になるまで、待っていたのである。

「ひどい、こんなことが……」

「早くしろっ」

一喝されて、徳右衛門は渋々、財布を差し出した。

中身は三十両余で、これは思いを遂げてから、お波に三十両の支度金を渡すつもりだったのである。

伊坂浪人は金だけ抜いて、財布を放り返した。

「では、その床《とこ》の間に筆と硯《すずり》があるようだから、明日、二百両を渡します――と一筆書いてもらおうか」

「に、二百両……？」

「首と胴が離れるよりは、増《ま》しだろう。それとも――」

伊坂浪人は、さっと大刀を抜いた。

酒肴《しゆこう》の膳を真っ二つに斬って、鞘《さや》に納める。

肴《さかな》が飛び散り、酒が畳を濡らした。

「間男《まおとこ》として、こんな具合に斬られるかね」

「ひ………」

もう、選択の余地は無かった。

徳右衛門は泣く泣く証文《しようもん》を書いて、伊坂浪人に渡す。

「よかろう」

伊坂久万蔵は、証文を懐《ふところ》にねじこむ。

「今度からは、吉原か岡場所の玄人女《くろうとおんな》を相手にすることだな――ゆくぞ、お波」

「はい――」

お波は艶《あで》やかに微笑《ほほえ》み、徳右衛門に一礼してから、出て行った。

二

「おい、お波――俺は、隣の座敷で冷や冷やしたぜ」

大川沿いの通りを連れ立って歩きながら、伊坂久万蔵は言った。

「何が冷や冷やしたのさ、お前さん」

「お前の媚態《びたい》があんまり上手いもんだから、そのまま徳右衛門としっぽり濡れちまうんじゃないか――と思ってな」

「やだよ、この人は」

お波は、伊坂浪人の背中を撲《ぶ》つ真似をする。

「あたしが、お前さん以外の男に肌身を許すわけがないじゃないか」

「ふ、ふ……そうかい？」

「何よ、わかってるくせに……」

そう言いながら、お波は、男の腕にしな垂《だ》れかかった。

「――おい」

突然、声がかかった。

「その重そうな懐《ふところ》の中身、置いていって貰おうか」

柳の木の陰から姿を見せたのは、若竹色の着流し姿の武士だ。山岡頭巾を被っている。

「貴様……今、噂の辻斬りか」

伊坂浪人は身構えた。

「そうらしい――」

頭巾の辻斬りは答える。

「名は、松浦竜之介《たつのすけ》。見知りおいて貰おう」

「ふざけるなっ」

伊坂浪人は抜刀した。

「強請屋《ゆすりや》の俺から金を毟《むし》り取ろうとは、悪い了見だ。ぶった斬ってやるっ」

それから、お波の方を見て、

「邪魔だ、退《さ》がってろ」

「は、はい……」

お波は急ぎ足で、商家の軒下《のきした》まで退がった。

「命の遣《や》り取りの場で情婦《いろ》の心配とは、お優しいことだ」

頭巾の下で、偽《にせ》竜之介は嘲笑《ちょうしょう》したようである。

「安心しろ。その方《ほう》を片付けたら、女は、わしが存分に可愛がってやる」

「貴様っ！」

かっとなった伊坂浪人は、猛然と斬りかかった。

しかし、偽竜之介は、ふわりとその一撃をかわす。

「むむ……」

伊坂浪人は、たたらを踏んだ。相手は、まだ刀を抜いていない。

振り向いた伊坂浪人は、呼吸を整え落ち着いてから、大刀を下段に構えた。

「昔は、道場で地摺《ぢず》りの熊《くま》と呼ばれた俺だ。おい、辻斬り。そっちから仕掛けてみろ」

「そうか——」

偽竜之介は、静かに大刀を抜いた。

「では、その地摺り下段……破ってみせよう」

そう言って、大上段に構える。

（何だ、こいつ……）

伊坂浪人は訝《いぶか》った。

剣を下段に構えれば、相手の仕掛けを下から払い上げて、返す刃《やいば》で斬り倒せる
——それに対して大上段に振りかぶったら、不利以外の何ものでもない。

（よほど、俺を甘く見ているのか。それとも、何か秘策があるのか……小技《こわざ》で様子を見た方がいいかな……）

迷っていると、伊坂浪人の視界に、心配そうに見ているお波の姿が入った。

無頼浪人としては、自分の女の前で気弱な姿は見せられない。

「くそっ」

伊坂浪人は間合を詰めた。

手首を返して、偽竜之介を斜めに斬り上げようとする。

が——伊坂浪人は、自分の軀《からだ》を逆袈裟《ぎゃくけさ》に斬り上げる刃を、感じた。

「そんな馬鹿な……」

大上段に構えていたはずなのに、どうして斜め下から斬り上げられるのか——

そんな疑問の解けぬまま、鮮血を噴き上げて伊坂久万蔵は倒れた。

「ひいっ」

あまりの衝撃と恐怖で、お波は腰を抜かして臀餅《しりもち》をついた。

が、偽竜之介が大刀を血振《ちぶり》するのを見て、犬のように四《よ》ん這《ば》いで逃げ出す。

両手も両膝も痛いが、それどころではなかった。

「あ」

お波は、凍りついたようになった。

いつの間に先まわりしたのか、若竹色の着流しが目の前に立ち塞《ふさ》がったのである。

「おい、女――」

偽竜之介は頭巾の前を開いて、言った。

「そのままでよい。牝犬《めすいぬ》のように、後ろから突っこんでやろう」

三

神田《かんだ》小川町《おがわちょう》の常陸《ひたち》土浦《つちうら》藩上屋敷の西側の通りを、表猿楽町《おもてさるがく》と呼ぶ。

そこにある遠州《えんしゅう》鳳《おおとり》藩上屋敷の門から、一人の老武士が出て来た。頑固そうな面構《つらがま》えで、矍鑠《かくしゃく》としている。

松平竜之介がお梅《うめ》と三度も交わった翌日――その正午《ひる》前だ。

数人の家来が門まで来て何事か話しかけたが、老武士はうるさそうに手を振って、一人で歩き出す。

家来たちは仕方なく、老武士の背中に頭を下げた。

しばらくして、その老武士の姿は、鎌倉河岸《がし》の近くの居酒屋〈お多福《たふく》〉の前にあった。

老武士は羽織《はおり》の襟《えり》を直して、暖簾《のれん》を潜《くぐ》る。

「二階に客が待っているはずだが――」

「はい、はい。先ほどから、お待ちでございます。こちらの階段からどうぞ」

小女にそう言われて、老武士は大刀を腰から抜いた。

階段を上がって、座敷の襖《ふすま》の前に座り、

「お待たせ致しました――若殿」

「入ってくれ」

中から返事があったので、老武士は襖を開く。

一礼してから、大刀を持って座敷へ入った。

「忙しいところ、呼び立ててすまなかったな、爺《じい》」

松平竜之介が笑いかける。

「こんなところで若殿にお会いするのは、初めてですな」

今は鳳藩江戸家老で、元は竜之介の守役《もりやく》だった岸田晋右衛門《しんえもん》は、竜之介の向かい側に座る。

「おや、まだ始めておられぬのですか」

竜之介の前に酒肴《しゅこう》の膳がないのを見て、晋右衛門が言う。

「今、来るはずだが――」

その言葉が終わらぬうちに、

「お待たせ致しましたァ」

先ほどの小女が、膳を二つ運んで来た。

「爺が来たら、すぐに膳を出すように頼んでおいたのだ」

「それは勿体《もったい》ない……」

竜之介は、小女に心付けを渡して、

「こちらが呼ぶまで、上がって来なくてよいから」

「はい、わかりました」

お辞儀して、小女は階段を下りていった。

「爺――まずは一献」

「これはどうも」

竜之介の酌《しゃく》を、晋右衛門は嬉しそうに受ける。そして、きゅっと飲み干した。

「ああ……若殿に酌までしていただいて、寿命が三年ばかり延びたような気分でございます」

「それなら、あと一升《いっしょう》ばかり飲んで、いつまでも元気でいてもらわねば困る」

竜之介は軽口を叩いた。晋右衛門の酌を受けて、その猪口《ちょこ》を干してから、

「さて――わざわざ文《ふみ》で呼び出しをして、爺にここまで来て貰ったのだが」

「はい――」

晋右衛門も姿勢を改めて、真剣な顔つきになる。

「仰《おお》せ通りに、供を連れずにやって参りました」

「では、単刀直入に訊《き》くが――わしに、双子の兄か弟はおらぬか」

「何ですと」

予想もしなかった質問に、晋右衛門は驚いたようであった。

「なぜ、そのようなことを……」

「そうだ。理由を話さないと、唐突すぎるな。実は――」

竜之介は、辻斬り事件のことを説明した。

「むむ、松浦竜之介と名乗る若殿にそっくりの辻斬り……そんなことが……」

晋右衛門は衝撃を受けていたが、大きく深呼吸してから、

「若殿ご誕生のみぎり、わたくしは奥方様の御出産の部屋の控えの間で、一晩中、待機しておりました。誓って申し上げますが、若殿の御兄弟は信太郎君《ぎみ》のみ。双子の兄や弟など、絶対におりませぬ」

一気に、力強く断言した。

「そうであったか……」

竜之介は、ほっとして肩の力を抜いた。

晋右衛門の返事を聞くまでは、さすがの彼も、（もしや……）と緊張していたのである。

江戸幕府を開いた徳川家康は、武家の長子相続の制度を打ち出した。

戦国時代には、長男だろうが三男だろうが関係なく、実力のある者が家督を継いでいた。

そのため、織田信長のように実の兄弟で争うことも珍しくなかった。

しかし、泰平の世には、長幼の序を守らせることが恒久的な平和に繋がる――

と家康は考えたのである。

藩主として力不足であっても、家臣団が支えれば心配ない——という理屈だ。

なので、武家では双子の男児が忌《い》み嫌われた。

双子は、産婆の気持ち一つで、兄と弟を入れ替えることが出来る。

もしも、成長して兄が放蕩者《ほうとうもの》となり、弟が聡明誠実な人物になったら、必ずや、家臣の中に「兄と弟を取り違えたのではないか」という疑念が生まれだろう。

だから、双子の男児が生まれた時は、兄の出生届けだけを出して、弟は家臣の家に預けるのが普通であった。

家臣の子として育てれば、兄がどうであっても、家督相続の権利は無くなる。

竜之介も、自分が双子の兄で、誰かに預けられた弟が辻斬りになったのでは——と心配したのだ。

「良かった……本当に良かった」と竜之介。

「最悪の場合、実の弟を斬ることになるかと思ったぞ……」

「ご自分で辻斬りを見つけ出して、斬るおつもりで？」

晋右衛門が訊く。

「そうだ。今朝、知り合いの御用聞きから聞いたのだが——昨夜、第三の事件も起こっている。第二の事件で手籠《てごめ》にされた屋根屋の女房は……気の毒なことに亭主に離縁されたそうだ」

「……」

「相手は、わしの名で悪事を働いている……何よりも、町方の者では歯が立たぬだろう」

「そんなに強いのですか」

「おそらく……わしと五分」

「ううむ……」

晋右衛門は溜息《ためいき》をついて、

「わたくしが止めても、お訊きくださらぬでしょうな」

「爺の頼みでも、これはばかりはな。何よりも、辻斬りの跳梁《ちょうりょう》で江戸の庶民が難儀しておる」

「――わかりました」

力なく、晋右衛門は頷いた。座布団から滑り下りて、

「この岸田晋右衛門、若殿のご無事と必勝を祈願申し上げます」

そう言って、叩頭《こうとう》する。

「爺の言葉は、何よりの励ましになる。礼を申すぞ」

竜之介は徳利を手にとって、

「さあ、飲んでくれ。爺が酔って歩けなくなったら、わしが負《お》ぶって屋敷まで運んでやるから――」

四

「旦那。この辺りですよ」

早耳屋《はやみみや》の寅松《とらまつ》は、立ち止まった。

「うむ……」

微醺《びくん》を帯びた松平竜之介は、白扇《はくせん》を帯に戻した。

本所緑町《ほんじよみどりちよう》の通りである。

今は昼下がりだから、人通りが多い。竪川《たてかわ》にも舟が行き交っている。

「とうろう〜、とうろう〜〜」

お盆の灯籠《とうろう》を竹竿《たけざお》に幾つも吊った老爺《ろうや》も、ゆっくりと売り歩いていた。

――岸田晋右衛門と別れた竜之介は、迎えに来た寅松と阿部川町《あべかわちよう》の家に戻りかけたのだが、「辻斬りの現場を見てみよう」と思い立ったのである。

「お梅という女中が手籠《てごめ》にあったのがあの路地で——油問屋の佐島屋《さじまや》の主人の錦《きん》右衛門《えもん》は、あっちの方から小僧と歩いて来たわけですね」

「なるほど……」

周囲を見まわしてから、竜之介は、路地へ入ってみた。

「ここで、お梅を——路地の奥へ入らなかったのは、辻斬りをする獲物《えもの》を物色するためか……」

通りの方を見ながら、竜之介は言った。

「忙《せわ》しない野郎ですね。女を相手にするか、辻斬りをするか、どっちかに専念すればいいのに」

寅松が、妙な評価をする。

「そう……そうだな、確かに」

竜之介が頷いた時、

「えいっ！」

突然、背後から突進して来た者があった。

「おっ」

竜之介は寅松を突き飛ばし、その反動で自分は反対側の家の板塀《いたべい》に背中をぶつける。

突進して来たのは若い娘で、手に匕首《あいくち》を構えていた。

竜之介は、娘の手首を手刀で打つ。

「きゃっ」

娘は、匕首を取り落とした。

竜之介は、それを寅松の方へ蹴飛ばして、娘の右手首をつかむ。そして、腕を背中側へ捩った。

「い、痛い……」

娘は藻掻《もが》くが、肘《ひじ》の関節の逆を取られているので、どうにもならない。

年齢は十七、八か。手まり髷《まげ》を結って、身形《みなり》からして富裕な町人の娘らしい。

「刃物で刺されれば、もっと痛いぞ」

竜之介は言う。

「一体、何ゆえに、わし達に突きかかって来たのだ」

「こらっ、お嬢さんを離せっ」

今度は、竹竿を振りまわしながら、十一、二歳の小僧が殴りかかって来る。

「何をしやがる、この餓鬼《がき》めっ」

寅松が、その小僧に殴りかかろうとした。

「これ、寅松。殴ってはいかん、相手は子供ではないか」

「へ、へいっ」

寅松は苦労して小僧を押さえこみ、竹竿を取り上げた。

「七夕は何日も前に終わったじゃねえか、いい加減で落ち着け」

「人殺しっ」

「え、人殺しだと？　人聞きの悪いことを言うな」

「待て、寅松」

竜之介は、まじまじと娘の顔を見て、

「ひょっとして、そなたたちは佐島屋に関わりのある者か」

「佐島屋の娘、京《きょう》です。よくも、父さんを殺しましたねっ」

娘は眦《まなじり》を釣り上げて、罵《ののし》った。

「そうか――間違えるのも無理はない」

竜之介は、お京という娘の手を放してやった。

ぱっと離れたお京は、痛そうに右の手首を擦《さす》りながら、小僧の方を見る。

「寅松、その子を放してやれ」

「だって、旦那。放すと嚙みつきますよ、こいつは」

「蝮《まむし》ではないから、たとえ嚙まれても命に別状あるまい。いいから、放してやれ」

「へい……」

用心深く、寅松は小僧を放した。小僧は、お京に駆け寄って、

「大丈夫ですか、お嬢さんっ」

「ちょっと痛いけど……平気よ」

そして、二人で手を取り合って、竜之介を睨みつける。

「佐島屋の主人を斬ったのは、山岡頭巾で若竹色の着流しの武士――そうであったな」

「何を白々《しらじら》しい……」

「その子は、その時、供をしていたという丁稚《でっち》小僧か」

「俺の名は太吉《たきち》だっ」

挑むように、小僧が叫ぶ。

「では、太吉。今からわしが喋《しゃべ》る言葉を、しっかりと聞くのだ。よいな」

「え」

「わしは松浦竜之介という浪人だが有り金を出して貰おう——どうだ、こんな声か」

「……………」

弥助と同じように、太吉も戸惑った表情になった。

「もう少し低くしてみる——」

竜之介は、もう一度、辻斬りの台詞《せりふ》を繰り返して、

「どうだ、辻斬りの声に似ているか」

「ええと……」

「急がずともよい。ゆっくり思い出すのだ」

「どうしたのよ、太吉」

お京が、太吉の肩を摑《つか》んだ。

「このお侍が、父さんを斬ったんでしょ？　違うの？」

「お嬢さん……なんか違うような気がする……」

太吉は、泣きべそをかいていた。

「これ、あまり問い詰めては可哀相《かわいそう》だ」

竜之介が忠告すると、お京は柳眉《りゅうび》を逆立てて、

「図々《ずうずう》しい……そうよ、頭巾よ。頭巾がないから、声が違うんだわ」

「ああ、なるほど」

竜之介は、山岡頭巾を袂《たもと》から取りだした。南町奉行所で借りたものである。

お京と太吉は、そんなものが出て来るとは思わなかったらしく、驚いていた。

「さあ、頭巾を付けた。申すぞ――」

もう一度、竜之介は低い声音《こわね》で、辻斬りの言葉を繰り返した。

「……違う」

太吉は、はっきりと言った。

「お嬢さん、格好も背丈も同じだけど、このお侍様は声が違います。それに……

辻斬りは、あんなに優しい目じゃなかった」

「そうか、わかってくれたか」

頭巾を外して、竜之介は微笑した。

「わしは阿部川町に住まう浪人、松浦竜之介――偽者《にせもの》に名前を使われて、甚《はなは》だ迷惑をしている」

「偽者ですって……？」

「わしの言うことを疑っているのなら、南町の係の同心に訊《き》いてみるがよい。それに、昨日、わしは南町奉行所で、第二の事件の生き証人である大名屋敷の中間《ちゆうげん》と対面している」

「……」

「その中間も、声が違うと言っていた。辻斬りは、わしよりも声が低かったらしい。それと――そなたの父が斬られた時、辻斬りの顔を見た女中にも会った。困ったことに顔は似ているが、目がもっと卑《いや》しげだった――と言われたよ」

「……」

お京は、そっぽを向いて黙りこんだ。かなり勝気な娘らしい。

太吉も困って、俯《うつむ》いてしまう。

「町人の娘ながら父の仇敵《かたき》を討とうとするのは、立派な心懸けだ。だが――辻斬りがわざわざ名乗りを上げるのは、奇妙だとは思わぬか、お京」

「気やすく名前を呼ばないでくださいっ」

さらに意固地になるお京であった。

「えらく頑固な娘だなあ」

寅松も呆《あき》れ果てる。

「仕方がない――」と竜之介。

「わしは事件の現場を調べて、偽者の手がかりを捜すつもりだ。町奉行所の同心や御用聞きが見てわからなくても、当事者のわしが見れば何かわかることがあるかも知れぬ」

「……………」

「どうしても疑いが晴れぬというなら――わしに付いて参れ」

「ええっ」

驚いてしまう寅松だ。

「匕首を返してやれ」

「へ、へい……」

拾って商家の羽目板《はめいた》に突き刺しておいた匕首を、寅松は引き抜いた。柄《つか》の方を先にして、お京に渡す。

「……………」

お京は、無言で匕首を受け取った。

五

堅川に沿って西へ向かった松平竜之介と寅松は、一目橋《ひとつめばし》を渡って大川沿いの通りを南へ下った。

川風に吹かれるのが気持ち良い。

「旦那――しつこく後ろから付いて来ますよ、あの二人」

肩越しに振り向きながら、寅松が言う。

「わしが付いて参れと申したからな」

竜之介は笑った。

「だって、また、後ろから匕首《あいくち》で突きかかられたら、どうします」

「町娘の後ろからの不意討ちで命を落とすようでは、わしは辻斬りに勝てぬ」

あっさりと言う、竜之介である。

「そ、そんなに強いんですか、偽者《にせもの》野郎は……」

「南町奉行所でも訊《き》かれたが……たぶん、わしと同格くらいの腕前だろう。もう少し、上かも知れぬ」

「それじゃあ……達人じゃありませんか」

二人の会話が聞こえていたらしく、お京が近づいて来た。

「あの……お侍…様は、辻斬りを見つけて斬るつもりですか」

「相手は邪剣を遣《つか》う達人で、並の者では太刀打ちできぬ。わしが斬らねば、これからも無用の血が流されるのだ」

「…………」

言外に、町人の娘では辻斬りにかなわない——と諭《さと》されて、お京は唇を噛んだ。

「そなた、あの匕首は普段から持ち歩いているのか」

「……父さんの仇敵討ちするために、夜店で買ったんです」

大店の娘が堂々と刃物屋で匕首を求めるわけにはいかないから、お京は夜店で購入したのだろう。

「夜店か……」

竜之介が溜息《ためいき》をつくと、寅松が脇から、

「道理で鈍刃《なまくら》だったわけだ」

「鈍刃……？」

「羽目板に突き刺して見てわかったが、切れ味はよくないよ。まあ、幾らで買ったか知らねえが、夜店の品物だからね」

「いや、研《と》ぎ直せば、少しは増《ま》しになるかも知れぬ」

竜之介は、お京を慰めるつもりで言った。

その心が、勝気な娘にも通じたのか、お京の表情から険しさが消える。

太吉も、その変化を見て、嬉しそうだった。

「お侍様は……どうして、勝てるかどうかもわからない相手を捜すんですか」

「すでに三人が斬られ、三人の女が酷《むご》い目に遭っている──わしが斬らねば、さらに犠牲が増えるだろう」

「………」

「わしの名で、そのような非道を働くことは、絶対に許せぬ。罪なくして斬られた者、女たちのためにも、わしは偽者を必ず斬る覚悟だ」

静かな怒りと決意をこめて、竜之介は言った。

「…………」

お京は無言で、下を向いてしまう。

新大橋の袂《たもと》を右に見ながら、竜之介たちは歩き続けた。

「そなた──武芸の心得があるのか」

竜之介が背中を向けたままで、お京に訊《き》いた。

「十五の時から二年ほど、町道場に通っていました。子供の時から、躯《からだ》を動かすのが好きだったので。結構、強くなったのですよ」

少し得意げに、お京は言った。

「だろうな」と竜之介。

「右腕を押さえた時にわかった。武術の鍛錬をした者の筋骨であった」

「まあ……」

何となく、顔が赤くなってしまうお京なのだ。

「でも、そんなことをしてたら婿《むこ》の来手《きて》がなくなる――と父さんに怒られて、道場を辞めさせられたんです」

「一人娘なのか」

「はい……でも、辞めてからも隠れて鍛錬は続けてました」

「それは悪いことではない。無惨《むざん》な死に方をした父の仇敵を討ちたいと思うのも、子として当然だ。しかし――」

立ち止まって、竜之介は振り向いた。お京を正面から見つめて、

「もう、仇討《あだう》ちは諦めるのだ。万一、辻斬りと出会えても、そなたは間違いなく

斬られる」

「え」

「女だから、斬られる前に辱《はずかし》められるかも知れぬ」

「…………」

お京は蒼白になった。

「そのようなことになって、泉下《せんか》の父が本当に喜ぶと思うか」

「…………」

「ただ、諦めろとは言わぬ。そなたの想いも背負って、わしが必ず辻斬りを斬る」

「……約束してくださいますか」

強い眼差《まなざ》しで、お京は問う。

「約束しよう」

竜之介は小柄《こづか》を抜いて、大刀の鯉口《こいくち》を切り、その刃《やいば》の両面を打った。

「それ、金打《きんちょう》いたしたぞ」

お京は襟元《えりもと》を整えて、表情を改める。

「先ほどは、ご無礼な真似を致してしまい、まことに申し訳ございませんでした。父さんの仇討ち、よろしく、お願いいたします――」

そう言って、深々と頭を下げた。太吉も、それに習う。

「うむ。気をつけて帰るがよい」

「はい。では――」

お京と太吉は、もう一度、丁寧にお辞儀をしてから、大川沿いの通りを去って行った。

「ちょいと勝気だが綺麗な娘でしたね、旦那」

遠ざかる二人を眺めながら、寅松が言う。

「そうだな。だから――辻斬りの餌食《えじき》にはしたくなかった」

「確かに」

それから再び、二人は下流へと歩く。

仙台堀に架かる上之橋《かみのはし》を渡り、油堀《あぶらぼり》の下之橋《しものはし》を渡ると、そこは深川佐賀町《さがちょう》だ。

永代橋の袂の前を通り過ぎて、深川相生町《あいおい》に着いた。第三の事件の現場である。

「由造《よしぞう》親分からお聞きになってるかも知れませんが――夕べ、ここで、旦那の名を騙《かた》る辻斬りに斬られたのは、伊坂久万蔵という札付きの無頼浪人でして」

辻斬りが現れた柳の前で、寅松が言う。

町内の番太郎が水と砂で清めたらしく、血痕《けっこん》は見えなかった。

「無頼浪人か……」

「凄みの利く面構《つらがま》えで、剣の腕もかなり立つ。女房のお波が別嬪《べっぴん》なんで、美人局《つつもたせ》で稼いでいたそうです。懐《ふところ》の財布に三十両以上入ってたそうですから、きっと、お波と一緒に誰かを強請《ゆす》った帰りだったんでしょうね」

「左脇腹から、斜めに斬り上げられていたそうだな」

佐島屋の主人は袈裟懸《けさが》け、木谷惣八郎は真《ま》っ向唐竹割《こうからたけわ》りであった。

お波の証言では、辻斬りは大上段に構えていたというから、右へ素早く刀を回して下から斬り上げたのだろう――と竜之介は考える。

「ええ。一太刀で斬られていたというから、やっぱり辻斬り野郎は強いです」

「しかし、財布は手つかずか……」

「この柳の陰から、金を出せ――と言って出て来たんですがね」

「偽者は、血のついた金を嫌ったのか……それとも、金目当ては口実だったか……」

「すると、やはり、旦那の名に汚名を着せるのが本当の目的で……」

「たぶん、そうだろう」

竜之介は、そこに濃厚な憎悪を感じた。

偽者は、竜之介に対して、よほどの恨《うら》みがあるのだろう。

「例によって、辻斬り野郎は女を手籠《てごめ》にする時に、山岡頭巾の前を開けて顔を見せていますが……お波は、知らない男だったと言ってます」

「念入りなことだな」

不快そうに、竜之介は言った。

「南町も念入りに辻斬りを警戒してたんで、事件が起こってすぐに手配をしたそうですが、怪しい奴は見つからなかったそうで」

「ふうむ……」

竜之介は、もう一度周囲を見まわしてから、

「二番目の現場へ行こうか――」

江戸城の外濠に面した西紺屋町《にしこんやちょう》の通りに着いた時は、陽《ひ》はかなり西に傾いていた。

「辻斬りは――」

寅松は町屋の軒下《のきした》を指さして、

「あそこの暗がりから出て来たようですね」

「金が目的ではなく腕試しだ――と言ったそうだな」

「そして、中間《ちゅうげん》を峰打ちしてから、この先の山城河岸《やましろがし》で屋根屋の女房に酷いことをしたわけです」

「……」

竜之介は、しばらくの間、無言で外濠の水面《みなも》を眺めていたが、

「――やはり、そうか」

「やはり、と言われますと？」

「寅松……現場は、どれも堀割の脇だ。偽者は、船を使っているのだと思う」

「船……」

「山岡頭巾に若竹色の着流しという姿の偽者は、非道を働いてから、待たせておいた船に乗る。たぶん、屋根船だろう。現場から離れながら、その中で着替えをし大刀も替える。これなら、町奉行所の者に調べられても、辻斬りとはわからない」

「なるほど」

寅松は、ぽんっと拳《こぶし》を掌《てのひら》に打ちつけた。

「だから夕べも、辻斬り野郎は南町の手配に引っかからなかったんですね」

「屋根船を置いている船宿や料理茶屋を虱潰《しらみつぶ》しに当たれば、何かわかるのではないかな」

「金持ちの商人や大身《たいしん》のお旗本、お大名も、屋根船を持ってますね」

「そうだ。悪心《あくしん》をいだいた旗本の道楽息子が、辻斬りをしているとも考えられる……」

「これは、由造親分に報《しら》せた方がいいようで」

「うむ。白銀町《しろがねちょう》まで駕籠《かご》で行こう。二丁、頼む」

「へい――」

遠くの駕籠屋の看板の方へ、寅松は走って行った。

（これで、第四の事件を防げればよいが……）

胸の中で呟《つぶや》く竜之介であった。

第四章　かまいたち

一

「何だ、何だ、さっきから出るのは丁《ちょう》の目ばっかりじゃねえか。如何様《いかさま》やってんのか、この賭場《どば》はっ」

立ち上がって喚《わめ》いたのは、腹掛けに赤い下帯という姿の職人風の若い男だ。

着物と帯は、もう、博奕《ばくち》の元銭《もとせん》の形《かた》に胴元に預けてしまったのだ。

それで借りた僅《わず》かな元銭も、たった今、失ったのである。

白布を張った盆の向こう側で、諸肌《もろはだ》脱いだ壺振り師が、冷笑を浮かべる。

「善吉《ぜんきち》さん。今日は目が出なかったようだね――諦めて、お帰りなせえ」

松平竜之介《たつのすけ》がお京《きょう》たちに出会った翌日の午後――そこは、谷中《やなか》の心経寺《しんきょうじ》という寺の境内にある離れである。そこでは、昼間から賭場が開かれていた。

寺社地は、町奉行所ではなく寺社奉行の管轄下なので、このように違法な賭場や岡場所が置かれることが多かったのだ。

「ふざけるな、俺の金を返せっ」

石屋の職人の善吉は、盆を跳び越えて壺振り師に殴りかかろうとした。

その時——脇腹に、刀の鐺《こじり》が鋭く突き入れられる。

「ぐっ」

善吉は息が詰まり、その場に蹲《うずくま》ってしまった。

二人のやくざが、苦悶している善吉を両脇から乱暴に抱え起こして、手慣れた様子で外へ連れ出す。

その後から、大刀を手にした浪人者が続いた。この賭場の用心棒なのだ。

客たちの間に、ほっとした空気が流れる。

「——皆さん、お騒がせしました」

隅に座った胴元が、客たちに言った。

「では、勝負を続けさせていただきます——おい」

胴元が顎《あご》をしゃくると、壺振り師が頷いて、壺と二つの賽子《さいころ》を手にした。

その賽子を壺に投げこんで、ばしっと盆茣蓙《ぼんござ》に伏せる。

「さあ、張った、張ったっ――」

「この間抜け野郎めっ」

「おい、善吉。賭場荒らしは、簀巻《すま》きにして川に放りこむのが定法だ。大川は少し遠いから、そこらの下水溝《どぶ》に叩きこんでやろうか」

離れの裏の雑木林の中で、丸顔と色黒の二人のやくざが、倒れている善吉を蹴ったり踏みつけたりしている。

乾いた地面の土埃《つちぼこり》にまみれて、善吉は呻《うめ》いていた。

「簀巻きは面倒だな」

そう言ったのは、鞘《さや》で男の脇腹に突きを入れた用心棒である。

青灰色の小袖《こそで》に細い横縞《よこしま》の袴《はかま》という姿で、年齢は三十前か。

長身で、女好きのする顔立ちをしていた。

「腕一本で勘弁してやれ」

「沢木《さわき》先生、斬り落としますか」

丸顔のやくざが言った。

「うむ。左腕を肘《ひじ》から斬り落としてやったら、賭場通いも治まるだろう」

「そりゃあ、功徳《くどく》ってもんですね。先生」

色黒のやくざが、媚《こ》びるように言う。

「そうとも。この沢木玄蕃《げんば》、金はないが徳はあるからな」

荒《すさ》んだ嗤《わら》いを浮かべた沢木浪人は、すらりと大刀を抜いた。

丸顔が善吉の両肩を押さえ、色黒が左腕を伸ばす。

「や、やめろっ、やめてくれぇっ」

善吉は、絶望的な悲鳴を上げた。

「観念しろ」

そう言って、沢木浪人が大刀を振り上げる。

が、ぱっと振り向いて、飛来した石礫《いしつぶて》を叩き落とした。

「誰だっ」

「——寺の境内を血で穢《けが》すとは、不埒千万《ふらちせんばん》」

若竹色の着流し姿の松平竜之介が、そこに立っていた。

「貴様、邪魔する気だな」

沢木浪人は、剣を竜之介に向ける。

「地獄突きの玄蕃を知らねえのかっ」

「一向に知らんな――」

「舐めやがってっ」

竜之介に向かって、沢木浪人は突進した。

しかし、最初の一撃を、竜之介は難なくかわす。

「ぬっ」

沢木浪人は右へ薙《な》いだが、竜之介は、それもかわした。まだ、抜刀していない。

「逃げるしか能がないのか、臆病者めっ」

態勢を直した沢木浪人は、諸手突《もろてづ》きを繰り出す。

その瞬間、竜之介の右手が閃《ひらめ》いた。

金属音が響き渡り、沢木浪人の大刀が鐔元《つばもと》から断ち割られる。

「あっ」

愕然《がくぜん》とした沢木浪人の右肩に、竜之介は大刀の峰を振り下ろす。

「がァっ」

筋肉がひしゃげ、鎖骨と肩甲骨だけでなく、肋骨まで折れた。

柄《つか》だけになった大刀を取り落として、沢木玄蕃は後頭部から地面に倒れこむ。

意識を失っていた。

「──おい」

木の陰に隠れていた由造が、乾分《こぶん》の松吉《まつきち》と久八《きゅうはち》に向かって顎をしゃくる。

「へいっ」

二人は、善吉の方へ駆け出した。

「わっ」

丸顔と色黒のやくざは、あわてて離れに逃げこむ。

「どうでございますか、竜之介様──」

由造は竜之介に近づいて、訊《き》いた。

「違うな」

納刀して、竜之介は断言した。

「辻斬りを働いている偽者《にせもの》がこの程度の腕前なら、わしも苦労せぬのだか……」

「たしかに、腕前の差は明らかでございましたね」

「それよりも、親分──わしは、この男に似ているのかな」

「それがねえ……」

由造は、善吉を介抱している松吉と久八の方を見て、

「松吉が、竜之介様に似ている賭場の用心棒がいるというんで、あっしも遠目に

見てみましたが、よくわからない。とにかく、竜之介様に品定めしていただこうと思いまして」

「見こみ違いで、すみません。竜之介様に無駄足を踏ませちまって……」

松吉が頭を下げる。

「いや、構わぬ」

即座に、竜之介は言った。

「もしかして——ということがあるしな。そなたたちが足を棒にして、偽者を捜しまわってくれることは、わしは有り難いと思っている」

「こりゃ、どうも」

感激して、松吉と久八は、胸がいっぱいになったようだ。

「それにしても——」

気絶している沢木浪人を眺めて、竜之介は、いささか憮然《ぶぜん》として、

「このような面相であったのか、わしは……」

「いえいえ、少し似ているだけでございます、少しですっ」

あわてて、由造が言った。

「何というか、玄人女《くろうとおんな》好みの顔立ちと申しましょうか……無論、竜之介様の気品

とは大違いで」

その時、

「何だ、何だっ」

離れから、胴元が五、六人の乾分を連れて、血相変えて飛び出して来た。

「縄張《シマ》り荒らしか、てめえたちはどこの一家だっ」

二

梶沢《かじさわ》藩上屋敷は、愛宕下《あたごした》の薬師《やくし》小路《こうじ》にある。

屋敷内には武術の道場があり、亡くなった剣術指南役の木谷惣八郎《きたにそうはちろう》は、道場脇に一軒家を与えられていた。

松平竜之介が、谷中で沢木玄蕃と対峙していた頃――木谷の家の後架《こうか》から、小用を足した弥助《やすけ》が出て来た。

「大丈夫かね、弥助さん」

庭を掃いていた下男の老爺《ろうや》が、声をかける。

「左手だけで用を足すというのは、不便なものだよ」

弥助は苦笑しながら、手水鉢《ちょうずばち》に左手を伸ばした。

「まあ、人間は二本の腕を持って生まれたんだから、一本では不便だわなあ」

そう言いながら、老爺が竹箒《たけぼうき》を使っていると、一陣の風が彼の背後を通り過ぎた。

そして、ごとっという音がする。

「ん？」

振り向くと、弥助が濡《ぬ》れ縁《えん》に倒れていた。

しかし、彼の顔は手水鉢に伏せている。

つまり、弥助の首は胴から切断されて、手水鉢に落ちているのだった。

その周囲は、真っ赤な血の海になっている。

「うひゃあァっ」

悲鳴を上げて、老爺は腰を抜かしてしまった。

三

松平竜之介は、由造たちと蕎麦屋《そばや》で遅い昼食をとってから、阿部川町《あべかわちょう》の家へ戻った。

——谷中の心経寺で、離れから飛び出して来た胴元に、由造は十手を見せた。

「寺は支配違いだが——博奕《ばくち》絡みで石屋の職人の腕を斬り落とそうとするのは、穏やかじゃない。俺は通りがかりの白銀町《しろがねちょう》の由造って者だが、関わり合いついでに、仲裁させて貰おうじゃないか。善吉の着物と帯、それに今日の博奕で負けた分を返すことで、用心棒や乾分《こぶん》どもの乱暴狼藉《ろうぜき》は見逃す——これで、どうだい」

老練な十手持ちの貫禄を見せてそう言うと、胴元は渋々、着物や金を返した。

帰り道で礼を言う善吉に、「おめえも博奕はやめて、固く暮らすがいい。何しろ、稼業が石屋なんだからな」と由造は笑って忠告したものである……。

家の前に、若い娘が人待ち顔で立っていた。

「あ、松浦様っ」

佐島屋《さじまや》のお京であった。

袖《そで》を翻《ひるがえ》して、小鳥のように素早く竜之介に駆け寄る。

「昨日、阿部川町とお聞きしたので——」

「どうかしたのか」

お京の顔色が、ただ事ではなかった。

「太吉《たきち》が…太吉が大怪我を……」

「何だとっ!?」

昨日――大川橋の近くで竜之介たちと別れたお京と太吉は、大川沿いの通りを北へ向かった。

一目橋《ひとつめばし》の手前には、弁天社がある。

元禄《げんろく》六年に、五代将軍綱吉《つなよし》の持病を管鍼《くだばり》で治したという杉山惣検校《そうけんぎょう》が江之島《えのしま》の弁財天を勧請したもので、〈一目弁天〉と呼ばれていた。

お京は弁天社にお参りして、「松浦様が見事に、父の仇敵《かたき》を討ってくださいますように」と祈願する。

東西に流れる竪川《たてかわ》と南北に流れる大横川《おおよこがわ》が十文字に交差するところには、三つの橋が架かっていた。

北に北辻橋《きたつじばし》、東に新辻《しんつじ》橋、南に南辻《みなみつじ》橋である。

油問屋〈佐島屋〉は新辻橋の前、柳原《やなぎわら》一丁目にあった。

その佐島屋へ帰るために、お京と太吉は、弁天社の北側の通りを歩いた。竪川の南岸の通りである。

六間堀《ろっけんぼり》川に架かる松井橋を渡ると、東の方から三台の大八車が来たので、二人は町屋の軒下《のきした》に退《さ》がった。

どこかの家を解体したらしく、大八車には廃材が山積みになっている。

ひどい土埃《つちぼこり》を立てて大八車が通り過ぎるのを待っていると、突然、お京の背後を一陣の風が抜き抜けた。

そして、「うっ」という太吉の小さな呻《うめ》きを聞いたのである。

振り向くと、右肩を血まみれにして太吉が倒れるところであった。

「太吉、どうしたの、太吉」

あわてて、お京が太吉を抱き起こす。

見ると、着物ごと右肩が、すっぱりと斬り裂かれているではないか。

「誰か…誰か、お医者を呼んでくださいっ」

傷口を手拭いで押さえながら、お京は叫んだ。

周囲に人が集まって来て、誰かが戸板を用意してくれた。

すぐに、太吉は戸板に乗せられて、近所の外科の医者のところに運びこまれた。

「これはひどい。刀で斬りつけられたのか……いや、違うな」

傷口を縫合《ほうごう》して痛み止めの薬を飲ませてから、太吉に尋ねると、

「何が何やら……旋風《つむじかぜ》みたいなものが、後ろを吹き抜けて行ったと思ったら、肩

から血が……」

そういう返事であった。

「これは、かまいたちかも知れぬな」

中年の医者が言う。

「上州《じょうしゅう》のように風が強いところでは、強い旋風の後に手足が切れて血が出ることがあるという。これは妖《あやかし》の仕業《しわざ》だ——と言って、かまいたちと呼ぶそうだ」

そんな話をしていると、報《しら》せを聞いて佐島屋の番頭の米吉《よねきち》が手代を連れて駆けつけて来た。

「お嬢さん……とにかく、皆でお店に運びましょう」

釣台を用意してもらって、太吉は佐島屋に運ばれた。

「あたしの部屋で構わないから」

奉公人部屋から夜具を運んで来て、太吉はお京の部屋に寝かされた。

夜になって熱が出たので、例の医者に往診してもらい、薬も貰ったのである……。

「一応、太吉の容態《ようだい》は落ち着きましたが、まだまだ安心は出来ないそうです」

心配そうに、お京は言った。

突然、ばきっという音がした。お京は驚いて、一歩退《ひ》いてしまう。

竜之介が、手にしていた白扇《はくせん》をへし折ったのである。

「松浦様……」

「偽者《にせもの》の仕業か、偽者の仲間か……年端《としは》もいかぬ子供を手にかけるとは……」

折れた白扇を握り締める竜之介の手は、激怒のあまり震えていた。

「かまいたちのせいではなく、誰かの仕業だと？」

「わしと別れた後というのが……いかにも、時宜《じぎ》が合いすぎる」

佐島屋殺しの目撃者である太吉は、竜之介と会って、「声も目つきも、辻斬りとは違う」と言った。

その直後に、謎の災難に遭遇したのである。

「証人である太吉の口封じをしたのではないか」

「でも……旋風が吹いただけで、誰も怪しい人は見ていないようですが……」

お京は困惑していた。

「ここで、ただ考えこんでいても、埒《らち》が明かんな」

竜之介は、お京を見て、

「まずは、現場を見てみよう――案内してくれ」

四

「この竪川の上流《かみて》から、大八車は来たのか――」

松井橋の袂《たもと》に立った松平竜之介は、東の方を見つめた。

途中の扇屋で、新しい白扇を買い求めている。その時、代金を少し多めに渡して、折った白扇の処分も頼んでいた。

「三台分の廃材は、すぐに用意できるものではないが……」

それから、竜之介は町屋の軒下《のきした》に立つ。

「太吉が立っていたのは、この辺りなのだな」

「はい、あたしの後ろで」

お京は頷いた。

「うむ……ここが路地口になっているな」

竜之介は、その路地が通り抜けになっているのを見た。

「大八車が通る時の土埃がひどいので、皆、それに気を取られていた……その隙《すき》を狙って、曲者《くせもの》は太吉に刃物で斬りつけ、この路地に飛びこんだのではないか

――」

自分の首筋を、竜之介は白扇の先で示して、「本当は首を狙って命をとるつもりだったが、土埃が目に入ったか何かで太吉が動いたので、右肩を斬られたのだろう。そういう意味では、太吉は運が良かった……」

「その曲者というのは、あたしたちを見張っていたのでしょうか」

「そうかも知れんな。そもそも、ここを大八車が通ったのは、偶然ではないと思う。ひょっとして、廃材の間に乾いた土を詰めておいて、わざと派手に土埃を立てたのかも……」

竜之介は西の方を見て、

「大八車は、大川の方へ行ったのか」

「いいえ。あそこの惣録《そうろく》屋敷の手前を、左へ入ったようです」

「行き先を突きとめよう。大八車の人足の頭《かしら》に会えば、頼んだ奴がわかるかも知れぬ」

そう言って、竜之介が松井橋に足を向けると、

「む――」

橋の向こう側に、十人ほどの男たちが立っていた。

揃いの半纏《はんてん》を着た人相の悪い奴らで、棍棒や木刀などを手にしている。

振り向くと、通りの東側にも七、八人の男たちがいた。

さらに、南側の通りにも、五、六人の男たちがいた。

つまり、竜之介とお京は、西と東と南の三方を塞《ふさ》がれたわけである。北側は竪川だ。

「何者か、その方《ほう》たちは」

竜之介は、東側の男たちに訊《き》いた。その先頭の頰に傷のある男が、

「――松浦竜之介って浪人は、あんただね？」

「その方の名を聞こう」

「俺の名前なんざ、どうでもいい。大人しく、一緒に来て貰おうか」

口のきき方や物腰からして、この男たちは、やくざであろう。

「名乗りもせぬような無礼な者の頼みは、聞かぬことにしておる」

「てめえ……こっちが下手《したて》に出てりゃ、付け上がりやがって」

頰傷の男は、凶暴な表情になった。

「みんな、ぶちのめせ。手足をぶち折っても、息さえしてりゃいいんだっ」

狂犬のような表情で、頰傷の男は喚《わめ》いた。

「おうっ」

男たちは喚声《かんせい》を上げた。

お京を背中に庇《かば》って、竜之介は、軒先に立てかけてあった六尺棒《ろくしやくぼう》を手にする。

東側と南側の男たちが、棍棒や木刀で襲いかかってきた。

そいつらを、竜之介は六尺棒で叩きのめした。

「ぎゃっ」

「げっ」

頭や肩や向こう脛《ずね》を打たれて、たちまち、四、五人が地面に転がる。

半纏の背中に◯《まる》に鬼の染め抜きがあった。

「こっちだっ」

竜之介はお京の手を引いて、竪川のほうへ駆ける。

そこに、小さな桟橋《さんばし》があった。猪牙舟《ちょきぶね》が舫《もや》ってある。

二人は、その舟に乗りこんだ。

煙草《たばこ》を喫《す》っていた船頭に、「出してくれ」と竜之介は言って、懐《ふところ》の中で用意しておいた一朱銀《いっしゅぎん》二枚を相手の手に押しつける。

竜之介は最初からこの猪牙舟に目をつけていたが、わざと六尺棒を手にして闘うつもりのように見せたのである。

「合点《がってん》だ」

にやりと嗤《わら》って、若い船頭は舫《もや》い綱を解いた。

「逃がすなっ」

追って来た二人の男を、竜之介は六尺棒で川へ叩き落とした。

船頭が水棹《みさお》を操《あやつ》って、猪牙舟を桟橋から離す。

「馬鹿野郎、舟を戻せっ」

松井橋の上で、頰傷の男が喚いた。

竜之介は、六尺棒を真っ直ぐに投げつける。

その棒の先端は、正確に男の胸の真ん中に命中した。

「がっ」

頰傷の男は、真後ろに倒れる。

「旦那、道行《みちゆき》はどちらへ」

櫓《ろ》を操りながら、船頭は軽口を叩く。

「残念ながら道行ではないが……大川へ出たら下流《しもて》へ下ってくれ。そして、あいつらが見えなくなったら、川の反対側へ行って遡《さかのぼ》り、適当なところで下ろしてもらおう」

「なるほどね。この舟は、今戸《いまど》の船宿〈酔仙《すいせん》〉のものですが……」

「では、そこで良い。船賃は、別にはずむ」

「承知しました」

船頭は、張り切って櫓を漕ぐ。

「……」

お京は無言で、竜之介の袂をしっかりと握りしめていた。

「庄助兄《しょうすけあに》ィ、大丈夫ですか」

男たちが頬傷の男を介抱すると、

「ちくしょう……肋骨に罅《ひび》が入ったようだ。やけに痛みやがる。息をしても、痛《いて》てえ」

庄助と呼ばれた男は、顔をしかめた。その時、

「――これ」

橋を埋めた男たちの背後から、声をかけた者がある。

菅笠《すげがさ》を被った、旅支度の白髪の老武士であった。

「大勢で橋を塞いでは、諸人《しょじん》の迷惑。早く退《の》きなさい」

「何だと、この爺《じじ》ィ。ぶちのめされてえのかっ」

大柄な男が、乱暴にも老武士の胸倉《むなぐら》をつかもうとした。

次の瞬間、その大男はもんどり打って、橋から川に落ちる。派手に、白い水《み》飛沫《しぶき》が上がった。

「やりゃあがったなっ」

男たちが群れをなして、老武士に襲いかかった。

が、どいつもこいつも、何をどうされたかわからないうちに、水に叩きこまれる。

老武士は、ようやく立ち上がった庄助も、足払いをかけて川へ放りこんだ。

あまりの鮮やかさに、通りの人々は唖然《あぜん》として、賞賛の声すら出ない。

まるで、深山《しんざん》に棲《す》む怪妖が街中に姿を現したかのようであった。

残った男たちも、気圧《けお》されて手出し出来ない。

「………」

老武士は、菅笠を少し直してから、何事もなかったかのように東へ歩き始めた。

第五章　処女が濡れる

一

「――すまんが、筆と硯《すずり》を用意してくれ」

お京《きょう》を連れて今戸《いまど》の船宿〈酔仙《すいせん》〉の二階座敷に上がると、松平竜之介《たつのすけ》は、年配の女中に言った。

すぐに、酒肴《しゅこう》の膳と一緒に、筆と硯と紙も運ばれて来る。

本格的な料理茶屋と違って、客を待たせないために、船宿や出合茶屋では料理を作り置きしておくことが多いのだ。

「好きにしてくれ。わしは、文《ふみ》を書かねばならぬ」

お京にそう言ってから、竜之介は寅松《とらまつ》あてに、三台の大八車のことや半纏《はんてん》姿の男たちのことを調べてほしい――という手紙を書いた。

手を打って女中を呼ぶと、「誰か手の空いている者に、この文を届けてもらってくれ」と心付けを渡して頼む。

女中が退《さ》がって、ふと見ると、お京は肴《さかな》に箸もつけていない。

「怖い目に遭って、食が進まぬのか」

「いいえ……松浦様と一緒に、と思って」

含羞《はにか》みながら、お京が言う。

「そうか。待たせて済まなかったな」

竜之介は微笑して、盃《さかずき》を手にする。お京は袂《たもと》を左手で押さえて、竜之介に酌をした。

それを干してから、竜之介は銚子をとって、

「そなた、飲めるのか」

「いただいてみます――」

お京は、盃を両手で掲げるようにした。酒を飲むのは、初めてらしい。

竜之介に酌をされると、その盃をじっと見つめてから、一気に呷《あお》る。そして、噎《む》せた。

「これ、大丈夫か」

竜之介は、お京の脇へ行って、その背中を擦《さす》ってやる。

袂で口元を覆っていたお京は、急に激情がこみ上げてきたらしく、

「竜之介様っ」

男の胸に、己《おの》が軀《からだ》を投げこんで来た。

「舟で、道行《みちゆき》でないのが残念――と言ってくださったのは……ご本心ですか」

「お京……」

「あたし、もう胸がいっぱいで……」

喘《あえ》ぎながら、お京は、竜之介を見上げる。

竜之介は、右の指で彼女の頤《おとがい》を持ち上げると、その瞳を覗きこんだ。

恋に目覚めた十八歳の処女の瞳は、濡れ濡れと輝いている。

竜之介は無言で、その紅《あか》い唇を吸ってやった。

目を閉じたお京は、骨が蕩《とろ》けたかのように軀から力が抜けてしまう。

竜之介は唇を吸いながら、その懐《ふところ》に右手を滑りこませた。

肌襦袢《はだじゅばん》の下の小さなふくらみを、そっと愛撫する。

「あ、ああ……」

口を外したお京は、切なそうに呻《うめ》いた。

未知の快感によって、乳頭が尖《とが》る。その乳頭を竜之介が指先で撫でると、十八娘の膝が乱れて裾前《すそまえ》が割れた。

竜之介は懐から手を抜くと、その膝の間に差し入れる。

絹のように滑らかな内腿《うちもも》を撫で上げると、その付根に達した。

下腹の亀裂を飾る恥毛の感覚は、なかった。無毛なのである。

「ああ、そこは……」

恥じ入って、お京は身悶《みもだ》えをした。

竜之介の指が亀裂を撫で上げると、その内部から透明な蜜が溢れてくる。

ぬぷっ…と指先を花孔に挿入しようとすると、行く手を阻《はば》むものがあった。

聖なる乙女のしるしであった。

竜之介は、お京の軀を畳に仰《あお》向《む》けに横たえる。そして、しゅるしゅると彼女の帯を解いた。

されるがままになっているお京は、時に腰を浮かせたりして男の行為に協力する。

白い下裳《したも》一枚の半裸になったお京は、武術の鍛錬のおかげで引き締まった肢体《したい》をしていた。

そして、若さと処女の初々《ういうい》しさに溢れている。

「………」

お京は目を閉じて横を向き、両手で胸乳《むなぢ》を覆って、男の目に裸体を晒《さら》している羞恥《しゅうち》に耐えていた。

自分も下帯だけの姿になった竜之介は、お京の脇に横になる。

そして、お京の白い首筋に唇を這《は》わせた。

「ん、ん……」

その微妙な愛撫に、お京は思わず、閉じた内腿を擦《こす》り合わせる。

竜之介の唇による愛撫は、首筋から胸元に移動し、両手を外させると、左右の乳房を優しく嬲《なぶ》った。

乳頭は朱色をしていた。

さらに平べったい腹部を撫でて、下裳が解かれる。

露《あら》わになった下腹部に、竜之介の唇が滑りおりた。

無毛の亀裂は、薄桃色をしている。

竜之介は、二指で亀裂を開いた。

濡れた白っぽい内庭に、可愛らしい一対の花びらが収納されている。

その花びらを、舌先で舐めてやった。

「あひっ」

生まれて初めて味わう鋭い快感に、お京の軀は跳ね上がってしまう。

「お京……そなたのここは、美しいぞ」

竜之介に言われて、お京は、そっと安堵の吐息を洩らす。

生娘《きむすめ》は誰でも、自分の大事な部分が他の女性のそれと比べておかしいのではないか——と気にしているものなのだ。

それから、竜之介は亀裂に唇を押し当てると、本格的な口唇愛撫を開始した。

溢れる透明な秘蜜を吸う。

「駄目…そんな風にされたら……あ、ああっ……」

両手で顔を隠して、お京は、左右に頭を振った。

豊かな秘蜜は亀裂から溢れて、内腿や畳まで濡らしてしまう。

竜之介は下帯を解いた。

股間の道具は、雄々《おお》しく聳《そび》え立っている。

これまでに多くの処女を貫き、女にして来た逸物であった。

竜之介はお京に覆いかぶさり、男根を亀裂にあてがった。

純潔の肉扉を一気に引き裂いて、花孔に突入する。

「ああ——ァっ！」

お京は仰《の》けぞった。

その時には、長大な肉根の三分の二ほどが、彼女の内部に没している。

素晴らしい締め具合であった。

「——お京」

竜之介は、十八娘の耳に囁《ささや》く。

「一番痛いことは終わったぞ」

「う……本当に……？」

お京は涙をにじませた目を、薄く開いた。

「本当だとも」

竜之介は頷いて、その涙を吸ってやる。

「では、あたしは……女になったのですね。竜之介様の女に……」

「そうだ」

「では…痛くても構いません……もっと、もっと、あたしを好きなようになさって…何をされても、あたしは嬉しいの」

まだ疼痛《とうつう》も治まらぬのに、健気《けなげ》なことを言うお京であった。

「よし、よし」

竜之介は、その額《ひたい》にくちづけをしてから、ゆっくりと律動《りつどう》を開始する。

「ん……あァ……ん…ああァんっ」

巨砲が花孔の肉襞《にくひだ》をこすると、お京は苦痛とも悦楽ともつかぬ喘ぎを発した。

お京自身にも、その区別はついていないようである。

剣術のみならず、松平竜之介は、女体《にょたい》の扱いにかけても無双の達人であった。

お京の下肢を、自分の腰に絡めさせる。これで、結合部分の密着度が高まった。

十八娘の新鮮な美肉を味わいながら、竜之介は、彼女の未熟な性感を確実に燃え上がらせてゆく。

ぬぷちゅ、ずぷっ、ぬぷちゅっ、ずぷっ……と濡れた粘膜の擦れ合う淫《みだ》らな音がした。

「おお……あァァ、ん……」

知らず知らずのうちに、お京は、竜之介の首に諸腕《もろうで》を回している。

竜之介は、さらに力強く腰を動かす。

肉の凶器に翻弄《ほんろう》されて、お京の頬は紅潮し、肌に汗が流れていた。

ついに、お京の快楽曲線が急上昇した時、竜之介もそれに合わせて欲望の堰《せき》を開いた。

「……………アァァっ！」

軀を弓なりに反《そ》らせて、お京は絶頂に達する。

その時には、竜之介も男根も身震いして、大量の聖液を放っていた。

白濁した灼熱の溶岩流が、怒濤の勢いで奥の院に激突する。

その聖液は逆流し、破華の出血と混じり合って、結合部から溢れ出した。

竜之介はお京を抱きしめたままで、その余韻を味わう。

しばらくしてから、お京が静かに目を開いて、

「竜之介様……あたしはもう、何も怖くなりました……」

そう言って、男の唇を求めた。

二

ここで話は少し戻る──葛飾郡小梅村《かつしかごおりこうめむら》の富農・市右衛門《いちえもん》の屋敷の居間に、松井橋で男たちを川へ叩きこんだ老剣客《ろうけんかく》の姿があった。

「いやあ、潮田《うしおだ》先生。よく寄ってくれました。江戸は四年ぶりですか」

下座の市右衛門が銚子を傾けると、老剣客・潮田亥十郎《いじゅうろう》は盃《さかずき》を手にした。

「何となく懐かしくなってな……わしも年なのだろう」

「いえいえ、いつ見てもご壮健で何よりです」

「それと……墓参りもあってな」

「はい、はい」

市右衛門は、神妙に頭を下げる。

それは——三十年近くも前のことであった。

亀戸《かめいど》の大地主の昌兵衛《しょうべえ》は、市右衛門の年下の従兄弟《いとこ》である。

昌兵衛は、娘のお峰《みね》と一緒に渋谷の氷川《ひかわ》神社に参詣した帰りに、四人のごろつきに絡まれた。

その時、ごろつきどもを叩き伏せて父娘を救ってくれたのが、尾上一刀流《おのえいっとうりゅう》の剣客・潮田亥十郎であった。この時、彼は三十半ばである。

亥十郎はそのまま立ち去ろうとしたが、昌兵衛は必死で引き留め、彼を駕籠《かご》に乗せて亀戸村まで帰って来たのである。

お礼の酒宴が開かれて、廻国修業中の亥十郎は、しばらく屋敷に逗留《とうりゅう》することになった。

歓待されても、彼は自身の鍛錬を怠らなかったが、その合間に、村の若者たちに剣術の初歩を手解きし、また、小さな子供たちに文字や算術を教えてやった。

その人柄に惚れた十七歳のお峰が、何かと亥十郎の身のまわりの世話をしているうちに、いつしか二人は男女の中になったのである。

無論、昌兵衛は喜んで、「道場を建てますから、村で暮らしてほしい」と頼んだのである。

こうして、潮田亥十郎はお峰を妻に迎えて、亀戸村の住人となったのであった。

道場には近在からも門人志望が集まり、また、寺子屋の方も人気であった。

亥十郎は小梅村の市右衛門の屋敷にも来て、女の奉公人たちに身を守る術を教えてくれたりしたのである。

全てが順調であるかのように思えたが——好事魔《こうじま》多しの言葉通り、突然、亥十郎に不幸が襲いかかった。

一緒になって五年目に、納屋《なや》の整理をしていたお峰が古釘《ふるくぎ》で怪我をした。

そして、口が開かなくなり痙攣《けいれん》と高熱で苦しみ抜いた挙げ句に、亡くなったのである。

鎌倉時代の医学書にも書かれている〈破傷風《はしょうふう》〉が、死亡の原因であった。

この〈風《ふう》〉とは、邪気を意味する。邪気が体内に入って起こす病《やまい》を、風病というのだ。

破傷風は、西洋ではカターノと呼ばれる原因不明の病気であった。

その時の亥十郎の嘆きの深さは、到底、筆でも言葉でも表現できるものではなかった。

お峰の初七日が済むと、亥十郎は、義父の昌兵衛に「道場を閉めて、修業の旅に出る」と告げたのである。

昌兵衛は、それを止める言葉を思いつかなかった。

こうして、潮田亥十郎は諸国を廻り、数年に一度、亡妻の墓参りのために江戸へ帰って来るという生き方となった。

ただ、十数年前に昌兵衛が脚気《かっけ》で亡くなり、息子の勘太郎《かんたろう》の代になると、露骨に亥十郎を邪魔者扱いするようになった。

おそらく、年上の義弟である亥十郎に、昌兵衛の財産分けを要求されることを怖れたのだろう。

見かねた市右衛門が、「先生。どうぞ、うちの屋敷に来てくださいまし」と申し出た。

それからは、亥十郎は江戸へ帰ると、墓参りをしてから小梅村に滞在するようになったのである……。

「どうぞ――」

新しい料理を運んで来たのは、市右衛門の長女のお雪《ゆき》である。

「先生、改めて紹介させていただきます――お雪でございます」

「お雪……お雪坊か、見つかったのか」

これには、亥十郎も驚いた。

「ううむ、確かに幼い時の面影が残っておる」

「これというのも、松浦竜之介様という方のおかげでして――」

市右衛門は、北条家《ほうじょうけ》の隠し軍資金に関わる事件を解決した竜之介が、十五年前に行方知れずになったお雪を見つけてくれたことを、亥十郎に説明した。

その前に、竜之介が次女のお菊《きく》を無頼浪人どもから救ってくれたことも、説明する。

「本来なら、この子もお上《かみ》の処罰を受けるところでしたが……大身《たいしん》のお旗本の嫡男である松浦様の尽力により、お構いなし――ということになったのでございます。まことに、有り難いことで」

お雪は、松浦竜之介の本当の名が松平竜之介であり、将軍家斉《いえなり》の娘婿《むすめむこ》であることを聞かされていたが、それは実の父親にも明かしていない。

「そのような御仁《ごじん》が……いつか会うことがあったら、わしからも礼を申しておこう」

「有り難うございます。しかし、先生――江戸も物騒になりましたよ。近ごろは、辻斬りが流行っておりますので」

「辻斬り……それは怪《け》しからんな」

お雪の酌を受けながら、亥十郎は、三件の辻斬りの話を聞いたのだが、

「ふうむ」

次第に、表情が曇っていったのである。

「潮田先生や松浦様のような立派なお侍もいらっしゃるのに、辻斬りを働くような者もいる――まことに、世の中は様々でございますなあ」

市右衛門の言葉が聞こえているのかどうか、潮田亥十郎は難しい顔つきのまま黙りこくっていた。

三

「旦那——どうも、お待たせしました」

翌日の昼過ぎ、寅松が阿部川町《あべかわちょう》の家へやって来た。

前の日——松平竜之介は、生娘《きむすめ》のお京を抱いて女にしてやると、陽のあるうちに駕籠《かご》に乗せて佐島屋《さじまや》へ帰した。

そして、阿部川町に帰宅したのである……。

「ご苦労、わかったかな」

「へい」

寅松は茶の支度をしながら、

「わかりましたが……悪い報《しら》せもございます」

「では、その悪い報せから聞こうか」

「大八車の人足頭《にんそくがしら》の金助《きんすけ》は、一昨日《おととい》の夜、六間堀《ろっけんぼり》に落ちて溺死《できし》しました」

「ふうむ……」

「酔って堀割に落ちたということになっていますが、誰かにしこたま飲まされて、突き落とされたのかも知れません――口封じのために」

「それは気の毒な……」

竜之介は眉をひそめる。

「ですが、政吉《まさきち》という人足に一杯飲ませて、話が聞けましたよ――」

古い家屋敷を解体した時に出る廃材は、質の良いものは鉋《かんな》をかけて再利用される。

虫喰いだらけだったりして再利用の難しいものは、薄く削《そ》いで付木の材料となったり、細かく分けて湯屋の釜の焚きつけにされた。

とにかく、廃材は大八車で古材屋《こざいや》に運ばれて、そこで選定されて捌《さば》かれるわけだ、
一昨日の大八車は、〈三州屋《さんしゅうや》〉という古材屋のもので、その人足頭が金助である。

猿江村《さるえむら》の民家を解体した廃材を受け取って、深川の海辺大工町《うみべだいくちょう》にある三州屋の敷地まで運ぶ手筈《てはず》であった。

「猿江村から海辺大工町へ……それだと、竪川《たてかわ》の南の道は遠廻りになるのではないか」

「それですよ、旦那」

寅松は、膝を叩いた。

「実は、もっと近い道を運ぶはずだった。ところが、出発の間際に、金助が誰かと話しこんで、急に道順が変更になったんだそうで」

「その誰かとは？」

「目が細くて狐《きつね》みたいに尖った顔をした、遊び人風の若い男だったとか。松井橋まで、そいつが一緒について来たそうです」

「つまり――その狐顔の男に金を貰って、金助は予定の道順を変えて、佐島屋のお京と太吉《たきち》の前を通ったわけだな」

「そうです」寅松は頷いて、

「しかも、旦那の読み通り、廃材の間に乾いた土を大量に仕込んで、わざと土埃《つちぼこり》が立つ細工をしてました」

「やはり、そうか……」

土埃を目隠しにして、辻斬りの証人である太吉の口封じをするつもりだったのだ。

「廃材を三州屋の敷地に運びこんだ後、狐顔の男は、後金を払う――とか何とか言って金助を誘い、たらふく飲ませて堀割に突き落としたんでしょう」

「……」

「ちなみに、金助の財布はありませんでした。堀の流れに掠《さら》われたのかも知れないし、狐顔野郎が盗んだのかも知れません……俺は、後の方だと思いますが」

「なるほど」

竜之介は、茶を一口飲んだ。

「これで、絡繰《からく》りが少し解けたな――わしの偽者《にせもの》と太吉を殺そうとした曲者《くせもの》、狐顔の若い男、この三人は一味だ」

「小僧の首筋を狙った曲者は、死客人《しかくにん》でしょうね」

死客人とは、金づくで殺しを引き受ける玄人《くろうと》のことである。上方《かみがた》では、闇討ち屋と呼ぶらしい。

「そうだな……すると、死客人を雇ったのは、わしの偽者かな。狐顔の男は、偽者の手下なのか……」

「とにかく、その狐顔の男を捜してみますよ」

「頼む。そいつが見つかれば、偽者の巣もわかるだろう」

「それから、旦那たちを襲った半纏《はんてん》のやつらですが――」

「うむ」

「背中に、〇《まる》に鬼の染め抜きがあったでしょう」

「そうだった……文《ふみ》に書くのを忘れていたな」

「鬼首《おにくび》一家の奴らですよ」と寅松。

「巣鴨《すがも》から小石川《こいしかわ》の辺りを縄張りにしている博徒《ばくと》です。表看板では、口入れ屋をやっていますが……ちなみに、親分はお千《せん》という女で。これが、滅法気が荒くてね。〈鬼神《きじん》のお千〉と呼ばれて、三十何人の乾分《こぶん》どもを怒鳴り飛ばしているそうで」

「その女親分が、どうして、わしに乾分どもを差し向けたのだろう」

「頬傷の男は庄助《しょうすけ》という兄貴分ですが……旦那に絡んだ理由は、まだ、わかりません」

寅松は頭を掻いた。

「旦那は、鬼首一家と揉めたことはないんですね？」

「根津《ねづ》で、賭場《どば》の用心棒を峰打ちで倒したが……」

「ああ、由造《よしぞう》親分たちと一緒にね。松吉《まつきち》の奴に聞きました——あれは赤犬組《あかいぬぐみ》といって、大したやくざじゃありません。俺が知る限りでは、赤犬組と鬼首一家は、何の関わりもないはずですが」

「そうか――」

竜之介は、少し考えてから、

「とにかく、そなたが調べたことを由造にも話して、狐顔の男を捜して貰おう」

竜之介は立ち上がり、

「わしは南町奉行所へ行って、佐島屋を見張って貰うことにする。小僧の太吉が、また狙われるかも知れんからな」

「なるほど――」

大刀を手にした竜之介は、寅松と一緒に外へ出た。

「そういえば、旦那。舟で旦那たちが逃げた後に、面白い観世物《みせもの》があったそうですよ」

「観世物？」

「松井橋で野郎どもが庄助の介抱をしていたら、旅の武芸者らしい年寄りが通りかかって、邪魔だから退《の》け――と言ったらしいです。それで怒った鬼首一家の奴らが袋叩きにしようとしたら、逆に、刀も抜かずに一人残らず川へ叩きこんでしまったそうで」

「それは……大したものだな」

「まるで天狗《てんぐ》みたいな強さだった——と。世の中には、色んな年寄りがいるものですね」

「その武芸者は、幾つくらいだろう」

ふと、例の辻斬りではないか——と思いついた竜之介である。

「髪が真っ白だったというから、五十以上……六十くらいですかね」

「そうか……さすがに、わしの偽者ではないようだな」

竜之介は落胆した。

第四の事件が起こる前に、辻斬りを繰り返す偽者を見つけねばならぬ——と思う竜之介なのであった。

四

寅松と別れて、松平竜之介は数寄屋橋《すきやばし》門内の南町奉行所を訪れ、筆頭与力の岡崎金之助《きんのすけ》と面談した。

そこで、竜之介は、梶沢藩《かじさわ》の中間《ちゅうげん》・弥助《やすけ》が殺された——と聞かされたのである。

「首を斬り落とされた——と？」

「如何《いか》にも。下男の老爺《ろうや》の証言によれば、後ろを旋風《つむじかぜ》が通り過ぎたと思ったら、弥助が首を切断されて倒れていた——というのです」

「斬った者の姿は見ていない？」

「見ておらぬそうです」と岡崎与力。

「我らも、梶沢藩から知らされただけで、現場は見ておりませんが……」

「それでは、太吉の場合とほぼ同じですな」

「そういうことになります」

「まず、弥助を殺した者と太吉に重傷を負わせた者は、同じ奴でしょう。おそらくは、腕の立つ死客人《しかくにん》——」

「そうですな」

「ならば……仕損じた太吉の命を、もう一度狙うかも知れぬ」

「わかりました。係の同心に言いつけて、佐島屋を交代で見張らせましょう。首尾良く死客人を捕らえられれば、辻斬りの正体も判明するでしょうから」

「わしが言うまでもないことだが……三番目の事件の女の住居も、見張っていた方がよいな」

「承知致しました。早速に、手配致しましょう」

岡崎与力は両手をついて、頭を下げた。

南町奉行所を出て数寄屋橋を渡りながら、

(あれほど主人思いの健気《けなげ》な男であったのに……弥助……気の毒なことをしたな)

竜之介は、そう思う。

(こうなったら、佐島屋のお京の想いのみならず、弥助の想いも背負って、必ずや偽者《にせもの》を倒さねばならぬ)

そして、一度は佐島屋を見ておいた方がいいかも知れぬ――と思いついた。

比丘尼橋《びくにばし》の近くで舟か船宿を探すために、竜之介は、西紺屋町《にしこんやちょう》の通りを歩いて行く。

すると、路地の奥で小さな子供の声がした。

「婆《ばあ》ちゃん、しっかりして……」

見ると、路地の奥で老婆《ろうば》が蹲《うずくま》り、孫らしい小さな男の子が、その背中を擦《さす》っている。

「どうかしたのか、急な病《やまい》か」

路地へ入っていって、竜之介は訊《き》いた。

「はあ……胃の腑《ふ》が痛んで……」

苦しそうに、老婆が言う。

「癪《しゃく》かな。わしが薬を持っておるが――」

印籠《いんろう》を手にして竜之介がしゃがみこむと、男の子が、急に奥へと走り出した。

「これ、わしは怪しい者ではない」

竜之介がそちらに気を取られていると、老婆が振り向いた。

その口には、短い筒《つつ》が咥《くわ》えられている。

ぴゅっと音がして、その筒から吹矢《ふきや》が飛んだ。

が、その吹矢は、竜之介の印籠に突き刺さる。

「ちっ」

蛙《かえる》のように横へ飛んで、その〈老婆〉は逃げようとした。

しかし、竜之介の脇差の峰が、風よりも早く、その脳天に振り下ろされる。

「う、うーん……」

老婆に化けていた男は、気を失って倒れた。

竜之介は、脇差を納刀した。男の懐《ふところ》から数本の革紐《かわひも》を見つけ、それで後ろ手に縛《しば》る。

さらに懐を調べると、革製の容器に四本の吹矢が残っていた。

白髪は鬘《かつら》で、顔や手の皺《しわ》も化粧したものである。

年齢は三十半ばくらいの、目立たない顔をした男だ。

財布の中には、十両ほど入っている。

竜之介は、男の背中に膝を当てて活《かつ》を入れた。

「ん……むむ……」

男は意識を取り戻した。自分が後ろ手に縛られていることに気づいて、愕然《がくぜん》とする。

「その方、名は何という」

「へへ、名無しの権兵衛《ごんべえ》だよ」

小馬鹿にしたように薄ら笑いを浮かべて、男は言った。

「――――」

竜之介はものも言わずに、男の右の人差し指を折った。

「ぎゃっ」

男は、濁った悲鳴を上げる。常の竜之介にはない、乱暴な遣《や》り方であった。

ておるな」


「わしを殺すために、頑是《がんぜ》ない子供を利用したのが許せぬ。指は、まだ九本残っておるな」

険しい表情をした竜之介は、冷たく言い放つ。

「ち、違う……殺そうとしたんじゃねえ」

男は、あわてて言った。

「吹矢に塗ったのは毒じゃなくて、痺れ薬なんだ」

「本当かな」

竜之介は、印籠に刺さった吹矢を抜いて、男の目の前に突き出す。

「毒でなければ、その方に刺しても問題ないわけだ」

「いや……痺れ薬だから、そいつで刺したら俺は何も喋れなくなりますぜ」

男の表情を観察したが、痺れ薬というのは本当のようであった。

「もう一度、訊《き》く。名は」

「松次郎《まつじろう》……この渡世じゃ、〈吹矢の松〉と呼ばれてまさァ」

「さっきの子は、その方の息子か」

「いや、知らねえ餓鬼《がき》だ」と松次郎。

「向こうで遊んでた奴に駄賃をやって、ちょいと芝居するように頼んだだけですよ」

「そうか……」

少しだけ、竜之介の表情が和《やわ》らいだ。

「わしに痺れ薬の吹矢を刺して、どうするつもりだったのだ」

「駕籠《かご》を拾って、約束の場所に運ぶ――それで、後金の十両が貰えるんだ」

「合わせて二十両は、安くないな。頼み手は誰だ」

「そ、それは……」

松次郎は躊躇《ためら》ったが、竜之介に左の人差し指を摑《つか》まれると、

「わかった、言う、言うから指を折るのは勘弁してくれっ」

あわてて、依頼人の名を白状した。

第六章　女親分・犯す

一

築地本願寺《つきじほんがんじ》の北西は武家地で、大名屋敷と旗本屋敷が混ざり合っている。中には、役目替えや転封などによって居住者がいなくなり、空き屋敷となったままの建物も幾つかあった。

その空き屋敷のひとつ——掃除をした八畳間で、雑草が伸び放題の庭を眺めながら手酌で飲んでいるのは、二十七、八の年増女《としまおんな》だ。

女にしては大柄で、髷《まげ》は結《ゆ》わずに、黒髪を項の下で輪に結んでいる。玉結びという古い髪型であった。

目は切れ長で、鼻筋が男のように高い。美人だか、口が大きく剣呑《けんのん》な面貌《めんぼう》である。

肩に半纏《はんてん》を引っかけて、行儀の悪いことに、片膝を立てていた。はだけた襟元《えりもと》から、白い晒《さら》し布を巻いた胸が見える。

これが、鬼首《おにくび》一家を率いる女親分〈鬼神《きじん》のお千《せん》〉だった。

脇には一升樽が置かれ、手元には徳利、そして茹《ゆ》で卵を並べた皿、味噌を盛った小さな皿が載った膳がある。

酒の肴《さかな》は、「茹で卵に、ちょっと味噌をつけたのが一番」と思っているお千なのだ。

今、そのお千は、猪口《ちょこ》を干して、

「遅いねえ……」

不機嫌そうな表情で、呟《つぶや》いた。

「松の野郎、十両の前金を持って逃げたんじゃあるまいね……まあ、そんな真似をしたら、生きたまま牛裂《うしさ》きにしてやるけど」

そう言って、徳利に手を伸ばした時、

「――待ち人は、わしかな」

襖《ふすま》の向こうから、男の声がした。

「えっ」

驚くお千の目の前で、襖がさっと開かれる。

隣の座敷に立っていたのは、着流し姿の松平竜之介《たつのすけ》であった。

吹矢遣《ふきやづか》いの松次郎《まつじろう》は縛《しば》ったまま近くの自身番に預けて、白銀町《しろがねちょう》の由造《よしぞう》親分を呼ぶように頼んでおいた……。

半纏をはねのけて、お千は立ち上がりながら、懐《ふところ》の匕首《あいくち》を抜いた。決断も動きも、かなり早い。

「野郎っ」

が、竜之介の動きは、それよりも早かった。

風のように八畳間に躍りこんで、右の拳《こぶし》をお千の鳩尾《みぞおち》に突き入れる。

「ぐ……」

お千は、あっけなく倒れた。右手から匕首が落ちて、畳に突き刺さる。

竜之介は、お千の懐から鞘《さや》を取りだして、匕首を納めた。念のために、床の間に置いておく。

それから、お千の帯を解いて、着物を脱がせた。

肌襦袢《はだじゅばん》を脱がせて見ると、下裳《したも》ではなく、幅の狭い女下帯を締めている。

喧嘩沙汰《ざた》になった時に、下裳では素早く動けないからだろう。

胸の白い晒し布を解いてみると、乳房は意外に豊かであった。乳輪は梅色をしている。
背中には、女の片腕を咥《くわ》えた赤い鬼の顔の彫物《ほりもの》があった。
これが、〈鬼神〉の渡世名《ふたつな》の由来だろう。
竜之介は、松次郎から取り上げた革紐《かわひも》で、お千を後ろ手に縛った。
そして、両足を組んで座禅の格好にさせる。
竜之介は自分の帯も解いて、下帯一本の半裸になった。その時、
「むぅ……」
お千が、意識を取り戻した。
自分が今、どうなっているかを知って、愕然《がくぜん》とする。
「くそっ、紐を解きやがれ、このド三一《サンピン》がっ」
藻掻《もが》きながら、お千は罵声《ばせい》を上げた。
最下級の俸禄の三両一人扶持《ぶち》の略称である〈三一〉は、武士に対する蔑称であった。
それに〈ド〉を付けると、最大の侮辱語になる。
「わしを知っているようだが、わしは、その方《ほう》を知らぬ。会ったことはないはず

だが……」

　女やくざを見下ろして、竜之介は言う。

「なぜ、乾分《こぶん》どもに襲わせたり、吹矢の松を雇ってまで、わしを掠《さら》おうとしたのだ」

「てめえの胸に訊《き》いて見ろっ」

「それが覚えがないゆえ、こうして尋《たず》ねておる」

「薄らとぼけやがって、外道が」

　お千は吠えた。

「いいか。後で必ず、生まれて来たことを後悔するくらい責め苛《さいな》んでから、ぶっ殺してやるからなっ」

「もう、そのような罵詈《ばり》雑言《ぞうごん》を聞くのは飽きた。耳の穢《けが》れだ」

　竜之介は溜息《ためいき》をついて、

「仕方がない……責め問いをさせて貰おう」

「へんっ、鬼神の彫物を背負ったお千様だ。石を抱かされたって、口は割らねえよ」

「いや、石責めではない――」

竜之介は、お千の前にまわった。下帯を取り去る。

だらりと股間に垂れ下がった肉根が、剝《む》き出しになった。

「あ……」

その容積に、さすがのお千も驚く。

休止状態なのに、普通の男性が屹立《きつりつ》したのと同じくらいの長さであり太さなのだ。

竜之介は片膝をついた。

そして、右手の親指と中指で、女やくざの顎《あご》の付け根を圧迫した。自然と、お千の口は開いてしまう。

その口の中に、左手で肉根をねじこんだ。

「んん…んぐぅ……」

喉の奥まで肉根で占領されて、お千は呻《うめ》く。

その頭を左手で押さえて、竜之介は腰を前後に動かした。

強制口姦《イラマチオ》だ。

二

己《おの》が男根と女やくざの温かく濡れた口腔粘膜との摩擦を、松平竜之介は愉《たの》しむ。

「おぐ、ぐぐ……」

お千は何とか舌で男根を押し出そうとするが、顎を強制的に開かされているので、どうにもならない。

その舌の動きも、竜之介には心地よかった。

そして、たちまち、竜之介の男根は正体を現す。

硬く太く長く熱い巨根で、女やくざの喉の奥を何度か突いてから、ずるりと抜き出した。

「げほっ、げふっ」

お千は口から唾液を垂らしながら、噎《む》せた。

その時には、竜之介は彼女の後ろにまわり、その背中を押す。

「あっ」

前のめりになったお千は、臀部《でんぶ》を天井に向けて、頭と両膝で体重を支えることになった。

これが、〈座禅転がし〉である。

牢屋敷の下級役人が、女囚を凌辱《りようじよく》するために考案した拘束方法だと言われている。

竜之介は、お千の女下帯を紙のように引き千切った。

薄茶色の後門と紅色の亀裂が、剝き出しになる。恥毛は逆三角形に生えていた。

「手籠《てごめ》にしようってのか、そんなお粗末な道具じゃ、お千さんには通じないぜっ」

女やくざは、吠えた。

「左様か」

竜之介は、片膝立ちになった。唾液に濡れた赤黒い巨根を、お千の後門にあてがう。

「え？　そこは違う……」

お千が戸惑っている間に、竜之介は無言で腰を前に進めた。

丸々と膨れ上がった玉冠部《ぎよくかんぶ》が、全く愛撫もされていない臀《しり》の孔《あな》を無理矢理にこじ開けて、その内部に突入した。

後門姦だ。

が噴き出した。

「アァ〜〜〜アっ!!」

お千は絶叫した。

しかし、空き屋敷で、それを聞く者は竜之介の他にはいない。

臀から頭の天辺まで雷のように背骨を突き抜けた激痛に、お千の全身から脂汗
が噴き出した。

竜之介は、臀の双丘《そうきゅう》を両手で鷲《わし》づかみにすると、肉の凶器の抽送《ちゅうそう》を開始する。

「わしの道具が粗末かどうか、じっくりと味わうがよい」

極限まで開ききった後門に、長大な男根が埋没した。

括約筋《かつやくきん》の締めつけは凄く、男根を喰い千切らんばかりであった。

「抜けっ、やめろってば、ちきしょうっ」

女やくざは、涙を流しながら罵る。竜之介は腰を止めて、

「では、わしを狙う理由を聞かせて貰おう」

「だから……自分の胸に訊けと言ってんだろうがっ」

やけくそのように、お千は叫んだ。その反骨心だけは、大したものである。

「素直に喋る気はないのだな」

竜之介は表情を動かさずに、巨根の抽送を再開した。

ずぽっ、ずぶっ、ずぽっ……と先ほどよりも激しく、巨砲の根元まで深々と突入させる。

「ぎゃア…アァあっ！」

女やくざは、悲鳴を上げた。

「痛い、痛いんだよ、馬鹿ァァっ」

「話すのだ」

さらに強く臀の孔を冷酷に突きまくる、竜之介であった。

悲鳴すら上げられなくなったお千は、噛みしめた歯の間から、しゅう、しゅう……と忙《せわ》しなく息を洩らす。

しかし、そのうちに、女やくざの様子が変わってきた。躯《からだ》の強《こわ》ばりが解けて、「ひ、ぎ……ひィ……………ィィ」

苦痛の悲鳴が、甘い呻きになってゆく。

激痛の頂点を越えて、脳内物質が大量に分泌され、快感へと転化したのであろう。

肌が赤く火照《ほて》り、彫物の赤鬼の色艶《いろつや》が増している。

「ああ……凄い、こんなの初めて……」

お千は、もぞもぞと臀を蠢《うごめ》かして、

「もっと、もっと荒っぽく犯して……お臀の孔が裂けてもいいから、あたしを抉《えぐ》ってて っ」

先ほどまでは、別人のようなことを言い出す。

「その方が素直に喋るなら、望み通りに可愛がってやろう」

ゆっくりと抽送しながら、竜之介が言う。

「それは……辻斬りの復讐だよ」

竜之介は、腰の動きを止めた。

「その方《ほう》、辻斬りに斬られた者の縁者《えんじゃ》か」

「違う……深川で斬られた伊坂久万蔵《いさかくまぞう》の情婦《いろ》…お波《なみ》は、あたしの妹なんだ」

「妹……」

「腹違いの姉妹だから、世間で知ってる奴はいない……だけど、目の前で男を殺されて手籠にされるなんて、悔しいじゃないか」

「………」

「だから、あたしが松浦竜之介という辻斬り野郎を捕まえて、生き地獄を味わわせてやる——と、お波に約束しんだ」

「残念ながら、人違いだ。わしは辻斬りではない」

「だけど……」

「わしの名を騙《かた》って、辻斬りを行っている者がいる――わしも、その者を探しているのだ」

溜息をついてから、竜之介は、

「もっと早く言ってくれれば、このように手荒なことはしなかったものを……」

「あっ、抜いちゃ厭《いや》っ」

お千は、臀を揺すった。

「でっかい魔羅で、あたしのお臀を突いて突いて、突きまくってて っ」

「では、罪滅ぼしに――」

竜之介は、男根の抽送を再開した。

被虐の官能に目覚めた女やくざの排泄孔《はいせつこう》を、深々と突く。突きまくる。

お千は燃え狂った。

口の端《は》から唾液を垂らして、悦《よ》がりまくる。

ついに背徳の快楽が頂点に達して、お千は後門括約筋を痙攣《けいれん》させる。

竜之介も、放った。

大量の白濁した雄汁を、暗黒の狭洞に放射する。

しばらくの間、後門姦の余韻を味わってから、竜之介は、お千の両手首を縛《しば》っていた革紐《かわひも》を解いてやった。

そして、懐紙を柔らかく揉んで、結合部にあてがう。

ずぽっ、と音を立てて、半勃ち状態の男根を抜いた。

大きく口を開いたままの臀の孔から、半透明になった精液が流れ出して来る。

竜之介は、それを懐紙で受け止めて、拭ってやった。

それから別の懐紙を揉んで、己れの男根の後始末をしようとすると、

「竜之介様……」

胡座《あぐら》を解いたお千が、振り向いて、

「あたしに、浄《きよ》めさせてくださいまし」

そう言って、己れの臀の孔から抜き出された男根を咥《くわ》える。

舌と唇を駆使して、丁寧に舐めしゃぶった。

その口唇奉仕に没頭するお千の顔からは、竜之介に臀を犯される前までの険しさが消えている。その時、

「――姉さん、来たわよ。そこなの？」

庭に現れたのは、二十歳くらいのほっそりした女だった。

「あっ」

全裸の男の肉根をしゃぶっているお千の痴態を見て、女は固まってしまう。

「そなたは、お波か」

竜之介は声をかけた。

お千が、竜之介を痛めつける様子を見せるために、妹を手紙で呼び出していたのだろう。

「そこでは、話が遠い。ここへ参れ」

「は、はい……」

お波は女下駄を脱いで、ふらふらと座敷へ上がってきた。

その目は、異母姉のお千が奉仕している男根の逞《たくま》しさに、引き寄せられている。

「わしの声に聞き覚えがあるかな」

「いえ……」

そう言いながら、お波は、視線を竜之介に移した。彼の顔を、じっと見つめて、

「あっ」

驚いて身を退《ひ》いたが、すぐに不審げな表情になった。

「あの夜の辻斬りに似ているような……でも、違うような……」

「声は違うのか」

「ええ……ああ、そうですね。声が違います。それと……顔立ちは似ているけど、あいつは、もっと卑《いや》しい感じだったような」

首を捻《ひね》りながら、お波は言う。

「わしの名は、松浦竜之介——辻斬りに名前を使われた者だ」

「え、そうなんですか」

お波は、彼の男根に視線を戻して、

「道理で、お道具が立派だと思いました」

「そうか——」

最初に手籠にされたお梅もそんなことを言っていたのを、竜之介は思い出した。

「で、でも、あたしもしゃぶって、確かめてみないと……」

美人局《つつもたせ》を稼業にするくらいだから、ひどく好色な女らしい。お波は、竜之介の玉袋に舌を這《は》わせる。

すると、お千が男根から口を外して、太い茎部の右側を舐め始めた。

お波は、茎部の左側を舐める。

姉妹は、長大な男根を左右から舐めた。

そして、お波が玉冠部の縁《ふち》に唇を這わせながら、

「ああ……この雁高《かりだか》が、まるで辻斬りとは違います。こんなに段差のある魔羅は、初めて見た……」

「そうよ。あたしも、生まれて初めて男の良さを知ったわ」

鼻先で玉袋を撫でながら、お千が言った。

「ずるいわ、姉さん……もう、竜之介様に姦《や》ってもらったの？」

「そうよ、ふふ……お臀の孔を犯されたんだから」

「えー……羨《うらや》ましい」

お波は顔を上げて、帯を解きだした。

「竜之介様、あたしも犯してください。交わってみないと、あの夜の奴と違うかどうか、わかりません」

「左様か」

手早く着物を脱いで全裸になったお波に、竜之介は覆いかぶさった。

淡い恥毛に飾られた緋色の花園は、すでに濡れそぼっている。

二人の唾液で濡れた巨根を、そこに密着させた。そして、貫く。

「あァ……っ！」

長大な肉の凶器に奥の奥まで突入されて、お波は仰《の》けぞった。

竜之介は、お波の肉襞《にくひだ》の味わいを愉しみながら、腰を動かした。

お千が、彼の臀部に顔を押しつけて、舌で排泄孔を舐める。

「まるで違う、月と鼈《すっぽん》だわ……こんな巨《おお》きい魔羅で犯されて、嬉しいっ」

お波は、竜之介の首に諸腕《もろうで》を絡めて、濃厚な官能に没頭した。

四半刻《しはんとき》——三十分ほどして、竜之介が吐精する瞬間、お千が舌先を排泄孔の奥へ差し入れる。

竜之介は、怒濤のような勢いの聖液を、お波の奥の院に叩きつけた。

三

「なるほど——」

湯呑みを手にして、由造は頷いた。

「すると、三番目の女であるお波も、辻斬りは竜之介様に似てはいるが品がないと言うのですね」

お千・お波の異母姉妹と、松平竜之介が三人乱姦を行った翌日の昼間――阿部《あべ》川町《かわちょう》の家の座敷である。

「そして、声も男の道具も違う――と」

「そういうことだ」

竜之介も茶を飲みながら、

「とにかく、疑いが晴れて良かった」

「屋根屋の女房は気の毒だったが……お梅とお波には功徳《くどく》になりましたね」

由造が笑う。

「そういうものかな」

昨日は、夜まで何度も姉妹の相手をして、竜之介である。お千の女門も犯したし、お波の臀《しり》の孔《あな》も犯してやった。

途中で、三人で酒を飲んだ時に、お波が言ったのは「辻斬りは風みたいな奴だった」ということである。

「風みたい――とは？」

「伊坂久万蔵が斬られるのを見て、お波はすぐに逃げ出したそうだ。ところが、いつの間にか、辻斬りが目の前に立ち塞《ふさ》がっていたというのだな」

「ふうむ……足が速いということでしょうか」

「そうかも知れぬ。いずれにせよ……四番目の犠牲者が出ることだけは防がなければ……」

「そうですね」

由造が頷いた時、

「──御免くださいまし。松浦竜之介様のお宅は、こちらでございましょうか」

玄関の方で、声がした。

「見てきましょう」

用心深い表情で、由造は立ち上がった。

「へーい、ただ今」

玄関へ向かう後ろ姿を見ながら、竜之介は、来客の声に聞き覚えがある気がした。

少ししてから、由造が笑顔で客を案内して来る。

小梅村《こうめむら》の富農・市右衛門《いちえもん》であった。

「おかげさまで、お雪《ゆき》も息災《そくさい》に暮らしております。これも松浦様のお蔭でございます」

頭を下げて、市右衛門は土産の箱詰め煎餅《せんべい》を差し出した。

「気をつかわせて、済まんな」

竜之介は、土産を受け取って由造に渡してから、

「ところで、わしに何か用があるようだが」

「はい、はい」と市右衛門。

「実は、わたくしの親戚に潮田亥十郎《うしおだいじゆうろう》という剣客《けんかく》がおられるのですが――」

市右衛門の話を聞いて、竜之介が、

「そうか。一昨日《おととい》、わしが猪牙舟《ちよきぶね》で逃げた後に、鬼首一家の者どもを川へ叩きこんだ御仁《ごじん》がいると聞いたが、それが潮田殿であったか」

「おや、そのようなことが……」

川に叩きこまれた男たちは、みんな泳げず、助け上げられたものの、たっぷりと水を飲んで半死半生の有様であった。

乾分《こぶん》の大半がそんな具合なので、親分のお千は、吹矢の松を雇って竜之介を捕らえようとしたのである。

「本当なら、本日、わたくしと一緒に潮田先生をお連れしようと思ったのですが」

「何か都合でも」

「いえ、それが……わたくしが迂闊《うかつ》だったのでございます」

市右衛門は、残念そうに首を横に振った。

「例の辻斬りの話をいたしましたら、何か考えこまれて……今朝、急に馬喰町《ばくろちょう》の旅籠《はたご》に泊まると言い出されて」

「わざわざ旅籠に？」

「はい。久しぶり、江戸中の道場をまわってみたくなった——と言われて。確かに、東側の小梅村にいましたら、江戸中をめぐるには不便ですが……きっと、ご自分で辻斬りを見つけるつもりなのでしょう。なにしろ、潮田様は正義感が強くて、剣術の鬼のような御方《おかた》ですから」

道場廻りの間に竜之介を訪ねてくるかも知れないから、その時はよろしく——と言って、市右衛門は帰った。

「親分——どう思う」

竜之介が、由造に問いかける。

「潮田という人が、わざわざ宿屋に泊まっている件ですね」

由造も、緊張した顔つきになっていた。

「そうだ。正義感が強いのは、たぶんその通りだろうが……いきなり道場をまわると言い出すのは、少しおかしい。その御仁は、辻斬りの人相も知らないのだからな」

「つまり、潮田さんには心当たりがあった――」

「うむ。何かの理由で、自分の知っている人間が辻斬りをやっている――と思った。だから、潮田殿は馬喰町を拠点にして、その者を捜そうというのだろう。道場まわりというのは口実で、他に何か手がかりがあるのだと思う」

「わかりました。では、潮田さんを見張っていれば、辻斬りに辿《たど》り着けるかも知れませんね」

「見張りや尾行は慎重にな。気づかれたら、面倒なことになる」

「任せてください。宿屋は、すぐにわかるでしょう。松吉《まつきち》や久八《きゅうはち》だけでなく、下っ引を搔き集めて、なるべく遠くから尾行しますんで――」

由造は張り切って、出て行った。

（潮田という御仁は、良い手がかりになりそうだが……）

同時に、何か不吉な予感もする竜之介であった。

四

その頃――潮田亥十郎は、阿部川町からあまり遠くない金竜山浅草寺《きんりゅうざんせんそうじ》の境内にいた。

本堂へ向かう仁王門の近くの掛け茶屋の縁台《えんだい》で、亥十郎は茶を飲んでいる。編《あみ》笠《がさ》と大刀は、脇へ置いていた。

「――――」

湯呑みを手にしたまま、亥十郎は本堂へ参る人の流れを眺めている。

寛《くつろ》いでいるように見えるが、実は、その人の流れの中に、ある人物を見つけようとしているのだった。

今日は晴れているので、暑さがぶり返したようである。

「………」

ふと、亥十郎の表情が動いた。

目当ての人物を見つけたわけではない。

仁王門の脇の石垣のところで、若い夫婦者が柄の悪い二人のごろつきに絡まれているのを、見たのだ。

茶代を縁台に置いて、亥十郎は、大刀を手にして立ち上がる。

「ええ、いいじゃないか。一刻《いっとき》くらい、おかみさんを貸しても罰は当たるめえ」

「酌をしてくれりゃいいんだよ。もっとも、おかみさんの方で、俺たちと懇《ねんご》ろになりたいと言うなら、へへへ、話は別だがな」

「こんなひ弱な亭主じゃ、満足できないだろう」

「どうだい、俺たちのものを試してみるか、え？」

交互に言葉で嬲《なぶ》る、ごろつきどもだ。金銭よりも、若い女房が目当てらしい。

二十代半ばと見える町人の夫婦は、蒼白になって、ただ震えている。

「――おい」

突然、背後から声がかかったので、ごろつきどもは驚いた。

「無法な真似はよせ。ここは寺の境内だぞ」

そう言ったのが白髪の老武士だったので、ごろつきどもは、相手を甘く見たらしい。

「お武家さん、口は災いのもとと言いますぜ」

「余計な口をはさまねえで、二本の足で歩けるうちに、とっとと帰りなっ」

「そうか――獣物《けだもの》に言葉は通じぬか」

亥十郎が溜息《ためいき》をつくと、

「言いやがったな、この爺《じじ》ィっ」

「ぶち殺してやるっ」

二人は、殴りかかろうとした。

が、それよりも前に亥十郎が前に出て、肘《ひじ》で二人の脇腹に突きを入れる。

「げぇっ」

「ぐへぇっ」

肋骨《ろっこつ》を折られ内臓を痛めた二人は、その場に横転した。

乾いた地面から、土埃《つちぼこり》が舞い上がる。

「く、そ……覚えてやがれ」

脇腹を押さえながら、二人はあわてて逃げ出した。

参詣人たちが、面白そうにそれを眺める。

「大事はないか」

亥十郎は、夫婦者に声をかけた。

「有り難うございます、お武家様」

夫婦は、深々と頭を下げる。

「いや、無事なら良いのだ」

そう言って、二人に背を向けようとした。

「お待ちくださいい、お武家様」

亭主の方が、彼の袂《たもと》を摑《つか》む。

「わたくしは、日本橋の呉服商で〈多賀屋《たがや》〉の息子の基助《きすけ》――これは、女房のお房《ふさ》でございます。ただ今、駕籠《かご》を用意致しますので、何とぞ多賀屋にお越しいただき、主人から改めてお礼を……」

「いやいや、左様な心遣いは無用だ。そなたたちが危難から救われたのは、普段の心懸けが良いゆえの、浅草観音の御加護――それで良いではないか」

「でも、それではあんまり……」

女房のお房も、亥十郎を引き留めようとする。

「わしは――二十数年前に、妻を亡くしてな」

亥十郎は、しんみりとした口調で言った。

「子は授からなかったが、妻が無事なら、今頃はそなたたちくらいの息子娘がいても、おかしくない」

「………」

「なので、あいつらの無法を見て、自然と軀《からだ》が動いた。ただ、それだけのことなのだ」

亥十郎は、そっと基助の手を外して、

「では、気をつけて帰るがいい」

編笠を取るために、掛け茶屋の方へ歩き出す。

目立つ騒ぎを起こしてしまったので、もう今日は、ここで見張りは出来ないのだ。

「………」

基助とお房は顔を見合わせたが、お房が頷くと、基助は急いで五枚の小判を紙に包んだ。そして、亥十郎の前にまわって、

「お武家様――でしたら、失礼かも知れませんが、これをお受け取りください」

その紙包みを差し出す。

「いや、路銀《ろぎん》なら足りておる」

これは嘘ではなく、今朝、小梅村の屋敷を出る時に、市右衛門から「当座の費用に」と十両を渡された亥十郎なのである。

「ですが、このままでは、わたくしどもの気が済みません。何とぞ、お受け取りくださいまし」

夫婦揃って、頭を下げるのだ。

「ふうむ……」

少しの間、考えていた亥十郎だが、

「わかった。そなたたちの志《こころざし》を無にするのも、非礼だろう」

そう言って、紙包みを受け取ると、懐《ふところ》にしまった。

基助とお房は、ほっとした表情になる。

この時――亥十郎の背後を遊び人のような男が通り過ぎた。

目が糸のように細く、狐《きつね》のような顔立ちをしている。

この男――名を長平《ちょうへい》という。

「全く、糸の切れた奴凧《やっこだこ》みてえに気儘《きまま》なんだから、困った旦那だぜ。ここにいれば、いいが……」

そんなことを言いながら、長平は仁王門を潜《くぐ》り、本堂の方へ忙《せわ》しなく歩いて行く。

潮田亥十郎は、彼に全く気がつかなかった。

第七章　女たらし

一

「どうも、まことに面目《めんぼく》もないことで——潮田《うしおだ》さんが消えてしまいました」

次の日——朝早くに、阿部川町《あべかわちょう》の家へやって来た由造《よしぞう》は、しきりに頭を下げる。

「消えた……まあ、ゆっくり事情を聞かせてくれ」

松平竜之介《たつのすけ》は煙管《きせる》を手にして、煙草《たばこ》を詰めた。

由造の話によると——昨日、小梅村《こうめむら》の市右衛門《いちえもん》から得た情報を元にして、馬喰町《ばくろちょう》の〈伊勢屋《いせや》〉という旅籠《はたご》に潮田亥十郎《いじゅうろう》が宿泊していることを突きとめた。

すぐに、乾分《こぶん》の松吉《まつきち》と久八《きゅうはち》に七名の下っ引を集めさせて、合計九名で伊勢屋を見張ることにした。

四人で伊勢屋の前と裏を見張り、その周囲の路地口に四人で見張る、一人は遊軍で連絡係を兼ねる――という布陣だ。

そして、昨日の夕方――陽《ひ》が落ちかかった頃に、潮田亥十郎と思《おぼ》しき老剣客《ろうけんかく》が、浅草橋《あさくさばし》の方からやって来るのを、遊軍の半次《はんじ》が見つけた。

半次は残りの八人にそれぞれを報《しら》せて、皆は、亥十郎の目につかない場所に引っこんだのである。

それから、しばらくして――旅籠の表を見張っている松吉が、伊勢屋の亥十郎の部屋に灯《ひ》がともっていないことに気づいた。

先ほどの老剣客が伊勢屋に入ったかどうか、誰も見ていない。

相手は剣客なので、こちらの視線に気づくかも知れないと用心して、みんなは身を潜《ひそ》めていたのだ。

(伊勢屋の奉公人に、探りを入れてみようか……)

そうも考えたが、奉公人が潮田亥十郎に喋ってしまうこともありうる。

半次に頼んで久八を呼び寄せ、路地口で松吉は相談した。

「難しいな。さっきのは別人で、ただ伊勢屋の前を通り過ぎたのかも知れねえし……」

久八も、首を捻《ひね》る。

「すると、本物の潮田浪人は、これから帰って来ることになるな」

「そうだ。だから、俺たちが下手に女中に探りを入れると、本物が帰って来た時に、さっき、お客さんのこと聞いた人がいましたよ——と話しちまうかも」

「そうなんだよなあ……」

「こうしようじゃねえか——」久八は言う。

「半次に駕籠《かご》で白銀町《しろがねちょう》まで行って貰って、親分にここへ来て貰うか、指図を仰《あお》いでくる……どうだ？」

「そうだな。それまでは、俺たちは引き続き伊勢屋を見張ることにしよう」

松吉は、すぐに半次に金を渡して、白銀町へ行かせた。

それから一刻半《いっときはん》ほどが過ぎて——由造が駕籠でやって来た。半次も一緒だ。

「その後、どうだ」

「へい——」松吉は答える。

「潮田浪人は、まだ帰って来ません。二階のあの部屋も、一度も灯がともっていませんし」

「ふうむ……」

由造は考えこんで、

「仮に道場めぐりが本当だとして、陽が落ちる前に稽古は終わるはずだ」

「そうですね」

「もう、戌《い》の中刻《ちゆうこく》を過ぎている……よし、俺が行ってみよう」

路地口から出て、由造は伊勢屋へ向かう。

折良く、中年の女中が出て来て、表の大戸を閉めるところであった。

「おい、姐《ねえ》さん――ちょっと、訊《き》きてえんだが」

由造が強面《こわもて》風《ふう》に声をかけると、女中は相手が何者か察したらしく、

「これは、親分さん。お見廻り、ご苦労様でございます」

腰を折って、頭を下げた。

「うむ……この宿に、左の頬に傷のある甲州訛《こうしゆうなま》りの若い男が泊まってねえか」

由造は、架空のお尋ね者をでっち上げる。

「いえ――うちには、そういう客はおりませんが」

「そうか……念のために訊くが、病気でもないのに長逗留《ながとうりゆう》していたり、柄《がら》の悪い喰い詰め浪人とかも、いねえのだな」

「浪人さんなら、夕方までは御宿泊でしたが……」

「夕方まで？」

「いえね。修業のために江戸の道場廻りをするから、しばらく世話になる──とおっしゃって、宿賃を二分《ぶ》、前払いされました。で、すぐに出かけられたんですが……陽が落ちた頃に、子供が文《ふみ》を持って来まして」

「その浪人の文か」

「ええ」女中は頷いた。

「故郷で孫が重病だという報せがあったから、すぐに帰国する、寸《すん》の間《ま》も争うから、二分は迷惑賃として受け取っておいてくれ──と。お気の毒にねえ」

「ふーん……そりゃあ、大変だな」

平然と相槌《あいづち》を打ちながら、由造の腸《はらわた》は煮えくり返っていた。

（やられた。まんまと、こっちの見張りを出し抜きやがった）

「すると──その浪人さんの部屋には、何も残ってないんだな」

「着替えとかが、あったはずですが……」

「そうか。何事もなかろうが、これも役目だ。一応、部屋を見せてくれ。それと、その文と宿帳もな」

そう言って、由造は通りの向こう側を見て、片手を上げる。

路地口から、松吉が駆けてきた。

「はい。ただ今、旦那さんを呼びますので」

　女中は、奥へ引っこんで行った。

「親分、どうでした」

「やられたよ」

　由造は苦笑して見せる。

「急用があるから、ここには戻らない――という文を、子供に届けさせたんだ」

「そうでしたか。子供の姿は見ましたが、まさか、そんな細工だったとは……俺が間抜けでした」

　松吉は悔しがった。

「がっかりするな。とにかく、部屋を見よう。何か手がかりがあるかも知れねえ――」

「――といった訳でして」

　由造は、もう一度、頭を下げる。

「前払いの二分は伊勢屋の主人に預けておいて、部屋に残っていた風呂敷包みの着替えは、あっしが引き取りましたが、手がかりになりそうなものはありません。

宿帳には、〈相州《そうしゅう》浪人　潮田亥十郎〉とありました」

――伊勢屋を出た由造は、久八たちを集めて、状況を説明した。

そして、今夜は家へ帰って、明日の朝から江戸中の旅籠を調べて、潮田を捜すように命じる。

それぞれの大体の区域割りを決めてから、皆に心付けを渡した。

「がっかりしただろうが、捕物ってのは、徒労と無駄の積み重ねだ。わずかだが、これで一杯やって、明日からまた頑張ってくれ」

そう言って、九人を解散させたのである……。

「なるほどな。それは、ご苦労だった」

「しかし、どうして、こっちが見張っているのが、潮田さんに発覚《バレ》たんでしょう」

「おそらく、潮田殿は遠目に半次の動きを見て、何か感ずるものがあったのだろう」

紫煙を吐きながら、竜之介は言う。

「そして、通りの路地口に人の気配を感じた……だから、きっと伊勢屋の前を通り過ぎたのだな」

それから、蕎麦屋《そばや》か何かに入り、筆と硯《すずり》を借りて手紙を書いた。

それを近くにいた子供に託して、自分は、すぐに店を出たのだろう――と竜之介は推理した。

万一、子供に案内させて、見張りたちが店に来たら困るからだ。

「前に聞いたんですが、一流の盗人《ぬすっと》も、見張られていると何となく肌がざわざわするんだそうです。盗人と武術者を一緒にしては、失礼ですが」

「まず、達人だろうな……潮田殿は」

竜之介は、煙管の先を見つめて、

「だが、これで潮田殿が町方を避けていることがわかった」

「見張っていたのが、町方だと……？」

「もしも清廉潔白《せいれんけっぱく》なら、見張りの一人を捕まえて、なぜ自分を見張っているのか――と問い質《ただ》すはず」

「まあ、そうですね」

「それをしなかったのは、相手が町方だった場合、逆に根掘り葉掘り探られるからだ。つまり、探られると困ることがある」

「竜之介様の名を騙《かた》った辻斬り野郎のことですね」

「うむ……間違いなく、潮田殿は辻斬りに心当たりがあるのだろう。どういう関係かは、まだ、定かでないが……」

「わかりました」

由造は、自分の膝を叩いた。

「そうとわかれば、捜す方にも張り合いが出ます。必ず、潮田さんの新しい宿屋を突きとめてみせますから」

由造は、張り切って出て行った。

それを見送った竜之介は、灰吹きに雁首《がんくび》を叩きつけて、

「話が随分、入り組んでたな……偽者《にせもの》がわしの名を騙っていることと潮田殿は、何か繋がりがあるのだろうか――」

二

近所の老婆《ろうば》・お久《ひさ》が用意してくれた昼餉《ひるげ》を食べてから、松平竜之介は床柱に寄りかかり、腕を組んで目を閉じた。

辻斬り事件について、色々と考察をめぐらせていると、

「――あの、御免《ごめん》くださいまし」

玄関で、女の声がする。聞き覚えのある声であった。

立ち上がった竜之介が大刀を左手に下げて玄関へ行くと、そこにいたのは、偽竜之介の第一の被害者のお梅《うめ》であった。

「あら、やっぱり、ここで良かったのね」

ぱっと笑顔を見せたお梅は、履物を蹴るように脱いで、竜之介に飛びついた。

「これこれ、危ないではないか」

「だってぇ……竜之介様に会いたかったんだもの」

甘ったるい声で言って、お梅は竜之介の胸に頰を埋《うず》めた。

「とにかく、居間へ参るぞ」

お梅を引き摺《ず》るようにして、竜之介は居間へ戻る。

「そんなに荷物みたいに扱っちゃ、いや。大事な話があって来たのにィ」

竜之介の首に縋《すが》りつくようにして、お梅が言う。

「大事な話とは」

「ふふ……」

お梅は得意げな顔つきになって、

「あたし、辻斬り野郎を見つけたの」

「何だとっ」

驚いた竜之介は、お梅の両肩を摑《つか》んだ。

「あら、痛いわ。そんなに強く摑んじゃあ……」

痛いと言いながら、うっとりした顔になるお梅なのだ。

「これは済まなかった――で、辻斬りはどこにおるのだ」

「その前に、ご褒美《ほうび》をくださいな……」

お梅は畳に両膝を突いて、竜之介の着物の前を開く。

そして、下帯の脇から柔らかい肉根を摑み出した。

「ああ、本当の漢《おとこ》のにおいがする……」

「これ、そんなことよりも、辻斬りの居場所を…」

「濃いのを、たっぷり飲ませて……そして、前から後ろから突きまくってくれたら、話しますよ」

そう言って、お梅は男根を咥《くわ》える。

「……」

竜之介は、とりあえず、お梅の好きなようにさせることにした。

気は焦《あせ》るが、下手に叱って、お梅が臍《へそ》を曲げて口を閉ざしたりしたら、どうにもならない。

お梅の口唇奉仕は巧みなので、すぐに竜之介のものは、その偉容を見せた。

「凄い…巨《おお》きくて硬くて熱くて……早く男の精が欲しい……」

瞳を欲情で濡らしたお梅は、両手で巨砲の茎部を摑み、頭を前後に動かした。

竜之介は頭の中を空白にして、口唇奉仕の快感に集中する。

腰椎《ようつい》の先端が熱くなり、巨根が身震いをして、大量の聖液を吐出した。

「ん、んん……」

お梅は喉を鳴らして、その雄汁を飲みこむ。

肉根の内部に残った分も吸い出すと、丁寧に舌で浄《きよ》める。

「なあ、お梅――」

竜之介は腰を引くと、穏やかな口調で、

「辻斬りを斬るか捕らえるかしなければ、また犠牲か出るかも知れぬ」

「……」

「そなたの願い通りに、存分に可愛がってつかわす」

「嬉しい」

「ただし、それは辻斬り事件を解決した後だ。今すぐに手配《てくば》りをせねば、相手に逃げられてしまうかも知れぬ」

「…………」

「お梅、聞き分けてくれ」

「……わかりました」

お梅は、ふーっと溜息《ためいき》をついて、

「そいつを見たのは、東光寺《とうこうじ》の脇の番場町《ばんばちょう》です」

「北本所《きたほんじょ》の番場町か」

徳川家康が江戸に幕府を開く前から、北本所の番場町は、百姓町屋であったという。

元々は鷭《ばん》の狩場で、〈鷭場〉と呼ばれていたが、正徳《しょうとく》年間に町奉行所の支配になった時に、正式に〈番場町〉と表記されるようになった。

そのような成立の事情のためか、この辺りは町屋が複雑に入り組んでいる。

「あたしは、竜之介様に抱かれた翌日から仕事に戻っていたんですが……昨日、店に来た知り合いから、番場町に住んでる友達が風邪で寝こんでいる――と聞いたんです」

心配になったお梅は、店に明日は遅出にしてほしいと頼み、今日の朝、その友達のお滝《たき》の家を半年ぶりに訪ねたのである。

幸い、お滝の風邪はほとんど治りかけていた。お梅は見舞いの品を渡して、お滝とゆっくり話しこんだのである。

正午《ひる》近くになったので、お梅は、お滝の家を出た。

通りに出て、女下駄の鼻緒が少し緩いような気がしたので、お梅は傘屋の軒下《のきした》にしゃがみこんだ。

その時、通りの向かい側の路地から、一人の男が出て来たのである。

縞物の着流し姿の男は、通りを斜めに横切って、煙草屋《たばこや》へ入っていた。

見るともなくその男の横顔を見たお梅は、思わず声を上げそうになった。

それが、偽《にせ》竜之介だったからだ。

大小は差しておらず、丸腰である。

量《はか》り売りの煙草屋から、すぐに偽者は出て来た。

不機嫌そうな顔をしている。目当ての品がなかったのかも知れない。

お梅は軀《からだ》をねじり、半分背中を向けるようにして、鼻緒を弄《いじ》っているふりをした。

幸い、偽者は、彼女の存在には全く気づかずに、元の路地へ入っていった。

周囲を見まわしたが、自身番はなかった。

鼻緒を直して立ち上がったお梅は、通りを横切って、路地口に近づいた。

用心深く、路地を覗きこむ。

路地の両側は板塀《いたべい》で、突き当たりに古い二軒長屋があった。

そこに丁字路になっていて、左右に抜ける道がある。

おそらく、二軒長屋のどちらかに、偽者は住んでいるのだろう。

二軒長屋の前まで行けば、もっとはっきりするのだが、相手がお梅の顔を覚えていたら危険である。

（これは、番屋へ行くより、竜之介様に報《しら》せた方がいいわ――）

そう考えたお梅は、昼食を摂《と》るのも忘れて、阿部川町へやって来たのだった……。

「そうであったか、わかった」

竜之介は、お梅を抱きしめて、

「よくぞ、落ち着いて行動したな――そなたに何もなくて、良かった」

「竜之介様……」


（どうしよう……）

優しい言葉をかけられて、お梅は涙ぐんでしまう。

「これで、新しい下駄を買うがいい」

竜之介は、紙に包んだ一両小判を渡す。

「有り難うございます……それで……」

「わかっておる。事件が終われば、そなたの望みをかなえてやる。だから、気をつけて帰るがいい」

「はい………」

お梅が帰ると、竜之介は考えた。

(すぐに番場町へ行きたいが……相手は、わしの顔を知っているわけだし……)

なので、硯《すずり》や紙を用意する。

由造と寅松《とらまつ》に手紙を書くためであった。

三

「――大体、わかりました」

聞きこみをしてきた久八が、手拭いで汗を拭いながら、

「あの二軒長屋の右側は、女髪結《おんなかみゆ》いのお崎《さき》というのが借りてるそうです。お崎は三十前で、二年ばかり前に亭主と死に別れたとか……そして今、同居してるのが参太《さんた》という奴で、かなりの色男だそうです——つまり、そいつが竜之介様の偽者なんですね」

久八は報告した。

「その参太は幾つだろう」

由造が問う。そばに、松平竜之介と寅松がいた。

番場町の甘味処《かんみどころ》の二階に、五人はいる。

「二十四、五で、竜之介様より少し年上になりますね」

久八が答えた。

「浪人なのだな」

「いえ、それが……参太は、元は宮《みや》芝居の役者だそうです」

「役者……?」

「宮芝居とは言え、一時は看板役者だったそうですが、女出入りが激しく博奕《ばくち》好きという奴で、あまりにも品行が悪いので三年前に一座を追い出されたんだそうです」

「……」

「ですが、女たらしの腕は一流で。小金を持ってる女をたらしこんで、その家に同居し、女の金がなくなると別の女に乗り換えるという、屑《くず》の見本のような野郎で」

「役者になる前は何だったのだろう」

脇から、竜之介が不審げに訊《き》いた。

「子役の頃から、参太は一座にいたという話です。親のことまでは、ちょっとわかりませんでした」

久八は頭を掻く。

「竜之介様」と由造。

「参太の父親が浪人だったのでしょうか。それで、一座に入る前から剣術の手《て》解《ほど》きをされていたとか」

「そうかも知れぬ……いずれにせよ、対峙してみればわかることだ」

参太が辻斬りの偽竜之介ならば、剣の腕前は並々ならぬものであるはずだ。

「二軒長屋の左側は？」

「今は空き家だそうです」

「それは良かった」

斬り合いになれば、隣にも危険が及ぶかも知れないのである。

「もうすぐ陽《ひ》が暮れるが、お崎は仕事に出ているのだな」

「だと思いますが……」

「ふうむ」

竜之介は考えこんだ。

家の中にお崎がいるのなら、参太が外へ出て来るまで待つしかない。

「それは確かめたいですね」松吉が言う。

「あっしが、物売りか何かのふりをして、玄関で声をかけてみましょうか」

「それで、こっちの正体を勘づかれると困るが……」

由造も腕組みをする。

その時、遠くの方から何かが鳴る音が聞こえて来た。

ひょいと窓の外へ顔を突き出した寅松が、

「親分――お誂《あつら》えのものが来ましたぜ」

にっと笑って、そう言った。

四

「えー、刻《きざ》み煙草《たばこ》はよう……国分《こくぶ》、阿《あ》波《わ》、舘《たて》、大鹿《おおじか》……刻み煙草はよう」

引き出しの多い箪笥《たんす》のような箱を背負って、寅松は丁字路の路地へ入っていった。

足を進めるのに合わせて、引き出しの鐶《かん》が揺れて、かたかたと賑やかに鳴る。

——先ほど、寅松は通りへ飛び出して煙草売りを呼び止め、甘味処の二階へ上がって貰った。

そして、由造親分が話をつけて、その商売道具を借りたのである。

「刻み煙草はよう……国分、阿波、舘、大鹿……」

二軒長屋の前に着いた寅松は、売り声を続けながら、ゆっくりと右へ曲がった。

その時、

「おーい、煙草屋ァ」

二軒長屋の右側から、声がかかった。

「こっちだ。その生垣から、縁側《えんがわ》へまわってくれ」

（しめたっ）

寅松は、ひそかにほくそ笑んだ。

お梅の話から、参太が煙草呑《の》みで、しかも煙草屋で何かを買い損ねたらしいとわかっている。

だから、煙草売りになって通りかかれば、相手の方から呼びこむだろう――と考えたのだ。

「へい、へい。こちらですね」

愛想良く、寅松は庭へ入った。

縞物《しまもの》の襟元《えりもと》を広げて、その男――参太は、六畳間の前の縁側に、だらしなく横になっていた。

（なるほど……これは、たしかに竜之介旦那に似ている）

寅松は感心した。背丈も同じくらいだが、偽者の方が痩せている。

「越後の大鹿があるんだな」

「へい。良いのがございます――そこを、お借りしてもよろしいですか」

「ああ」

軀《からだ》を起こして、参太は場所を譲った。

寅松は、縁側に煙草箱を置いた。引き出しの一つ一つに、商品名が書いてあるので、まごつくことはない。

「じゃあ、大鹿を十匁《もんめ》貰おうか」

「へい、有り難うございます」

秤で十匁を計って、寅松は、煙草を紙袋に入れた。

「よそでは、大鹿は十文《もん》とか八文とからしいですが、うちは六文でお願いしております」

「そうか、安いな」

参太は喜んで、代金を渡す。

「通りの煙草屋では、大鹿を切らしてやがった。舌や喉を荒らさないから、俺は、こいつでないと駄目なんだ」

「そうでございますか。また寄らせていただきますので、よろしくお願い致します」

「おめえさん、名は」

「へい──久八と申します。どうぞ、ご贔屓《ひいき》に」

深々と頭を下げて、寅松は煙草箱を背負う。

その時、のっそりと六畳間の奥から男が出て来た。

「茶でもいれようか、参太の旦那」

細い目をして狐《きつね》のような顔をした男――長平《ちようへい》である。

これには、寅松も驚いて、思わず顔に出そうになった。

「そうだな。どうせ、夜まで暇な軀だ」

胸を掻きながら、参太が言う。

「おい」

長平は、咎《とが》める目つきになった。ちらっと寅松の方を見る。

「では、失礼致します――」

寅松は平静を装って、もう一度頭を下げてから、庭から路地へ出た。

二軒長屋から左への路地を、寅松は売り声を上げて歩いていく。

そこから通りに出たところで、右へ曲がった。

松平竜之介、由造、松吉、久八がそこで待っている。

「どうであったな」

「間違いありませんよ、旦那。あいつが偽者野郎です。のんびりしてて、本当に役者くずれにしか見えませんね。刀は、俺が見えるところにはありませんでした」

「そうか」

「で、女は留守のようですね。しかも——狐顔の男もいましたよ」

「何っ」

「参太が、夜まで暇だ——と言ってましたから、今夜、また辻斬りをやるつもりでは」

「よし」と竜之介。

「煙草箱を返して寅松が戻ったら、わしが斬りこむ。そなたたちは、路地の三方の出口にいてくれ。万一、わしが参太を討ち洩らすようなことがあったら、距離を置いて尾行してくれ」

「捕まえてはいけませんか」

由造が訊いた。

「わしが逃すようであれば——言い方は悪いが——そなたたちの手には負えまい。わしは、誰も怪我をしてほしくないのだ」

「へい、わかりました——」

由造たちはお辞儀をする。

寅松は、甘味処で待っている煙草売りに煙草箱を返して、すぐに戻って来た。

そして、表の路地口に由造と寅松、右の路地口に松吉、左の路地口に久八が立つ。

「旦那、お気をつけて」

寅松が言った。

「うむ――」

竜之介は、路地の奥へ入って行った。

そして、二軒長屋の左の生垣から、庭へ入る。

六畳間で茶を飲んでいた参太と長平は、

「……？」

突然、現れた竜之介の姿を見て、唖然《あぜん》とした顔になった。

「参太――わしが誰か、わかるか」

「お前は……」

「本物の松浦竜之介だ」

次の瞬間、竜之介が全く予想もしていなかったことが起こった。

長平が素早く、長火鉢《ながひばち》にかけた鉄瓶《てつびん》を引っくり返した。

「わっ」

濛々《もうもう》たる灰神楽《はいかぐら》が立ち上り、六畳間が煙幕に飲みこまれたようになる。

竜之介は敵の攻撃を予測して、数歩、斜めに退《さ》がった。

「ぎゃあっ」

灰神楽の煙幕の中で、濁った悲鳴が聞こえた。

そして、灰だらけの参太が庭へ転げ落ちて来る。

その背中には、深々と匕首《あいくち》が突き刺さっていた。

「これはっ」

竜之介が驚いている隙《すき》に、裏の板戸を蹴倒して外へ逃げる音がした。

「むっ」

竜之介は、家を回りこもうとしたが、長平の足音は、家の左側から路地へ出たようであった。

長平のことは久八たちに任せることにして、竜之介は、参太を助け起こした。

「おい、しっかしろっ」

深々と刺さっている匕首は、そのままにしておく。今、抜けば、大量に出血するだろう。

「旦那っ」

寅松が、庭へ駆けこんできた。

「逃げた狐野郎は、親分たちが追ってます」

「そうか」

「え……どうしたんですか、これは」

匕首で刺された丸腰の参太を見て、寅松も困惑する。

「偽者と斬り合いになったんじゃゃ、なかったんですか」

「刺したのは、あの狐顔の男だ」

「ちょう……へい……」

参太が唸《うな》るような声で、言った。

「長平……あの男の名前か」

竜之介が言うと、参太は力なく頷く。

「これまでの三件の辻斬りは、その方《ほう》の仕業《しわざ》だな」

「………」

参太が、顔を上げた。こびりついた灰のせいで、表情はよくわからない。

「み…みず……」

「わかった、水だな」

竜之介が言うと、寅松が座敷へ飛びこんだ。

「水は今、持って来る――なぜ、辻斬りを繰り返したのだ。わしに恨みでもあるのか」

「………………」

参太が、竜之介の左腕を掴んだ。

「も……もと……」

「もと？　何のことだ」

かっと目を見開いた参太が、さらに何か言おうとした時、ぐぅーっと喉が鳴った。

「げぇっ」

口から大量の血を吐いて、参太は、がっくりと頭《こうべ》を垂れる。

「旦那、水を――」

茶碗に汲んだ水を、寅松が持って来た。

「残念だが、間に合わなかった……」

竜之介が静かに言う。そして、参太の軀を地面に横たえた。

「この男、もと――と最後に言い残したよ」

「もと……?」

「人の名前か、屋号か、町名か……しかし、奇妙なことがある」

「奇妙なこと、ですか」

「そうだ。まるで、道理に合わぬことがな――」

参太の死骸を見つめて、竜之介は、そう言った。

五

「どっちだっ」

大川沿いの通りに出た由造は、左右を見まわした。

ここから上流には竹町《たけちょう》の渡し、下流には御厩河岸《おうまやがし》の渡しがある。

誰か目撃者はいないか――と思ったが、生憎《あいにく》、通りに人影はなかった。

「親分――」

久八が、地面にしゃがみこんで、

「狐野郎は、下流に向かったみたいですぜ。こっちの方に灰が落ちてます」

「そうか。走りながら、はたき落としたんだな。灰まみれじゃ、人目につくからな」

　そこへ、右側の路地口を守っていた松吉が、駆けて来た。

「どうしましたっ」

「野郎は、こっちへ向かったようだ」

　由造は十手で、下流の方を指し示して、

「行くぞ、松、久っ」

「へいっ」

　三人は駆け出した。高竜山普賢寺《こうりゅうざんふげんじ》の山門の前を走り抜ける。

　しばらくしてから、山門の陰から一人の老武士が姿を現した。

　編笠《あみがさ》の縁《ふち》を持ち上げて、下流の方を見る。

　潮田亥十郎であった。

「――町方の者は、去ったようだぞ」

　誰に言うともなく、そう言う。

　すると、山門の脇の繁みから、長平が姿を現した。

「お武家さんは、一体……」

「その方《ほう》、なんで追われていたのだ」

「いや、ちょっとした喧嘩で……」

「それにしては、町方の者が血相を変えていたようだ」

「……」

亥十郎は、長平の顔を見つめて、

「ひょっとして、その方——辻斬りに関わりのある者か」

「ぬっ」

長平は咄嗟《とつさ》に、懐《ふところ》に右手を突っこむ。

が、匕首《あいくち》は、先ほど参太の背中に突き刺したままであった。

「返事は聞くまでもないようだな」

亥十郎は苦笑する。

「わしの名は、潮田亥十郎という。その方の名は」

「へい……長平といいますんで」

何となく気圧《けお》されて、狐顔の男は素直に名乗った。

「では、長平——頼みがある」

「頼み……？」

「わしは、神田佐柄木町《かんださえきちょう》の〈白根屋《しらねや》〉という旅籠《はたご》に泊まっている。神酒之助《みきのすけ》に、わしが会いたがっている——と伝えてくれ」

「お武家さん、神酒之助旦那を知ってるんですか」

長平は、驚いた顔になった。

「勿論《もちろん》、知っている……長い付き合いだ」

「へえ……」

「間違いなく伝えてくれ。よいな——」

それだけ言って、亥十郎は、薄暗くなってきた大川の下流の方へ歩き出す。

「………」

長平は身動《みじろ》ぎもせずに、その後ろ姿を見送った。

第八章　決闘・護持院ヶ原《ごじいんがはら》

一

「偽者《にせもの》ではない――と？」由造《よしぞう》は驚いた。

「あの参太《さんた》という役者くずれが、竜之介《たつのすけ》様の名を騙《かた》って辻斬りを働いた偽者じゃない――とおっしゃるので？」

「その通りだ」

松平竜之介が頷いたので、その場の松吉《まつきち》と久八《きゅうはち》、寅松《とらまつ》も、驚いて猪口《ちょこ》や箸を止めてしまう。

そこは――浅草の三好町河岸《みよしちょうがし》に面した居酒屋〈田乃上《たのうえ》〉、その二階座敷であった。

結局、由造たちは狐顔《きつねがお》の男を捕まえることが出来なかった。

そこへ、折良く南町奉行所の同心・山辺卓之進《やまべたくのしん》が見廻りで来たので、参太殺しを彼に任せて、竜之介たちは番場町《ばんばちょう》から引き上げて来たのである。

仕事を終えて帰った髪結《かみゆ》いのお崎《さき》は、家の中の惨状に、さぞかし驚くことだろう……。

とにかく——竜之介たちは、そこで遅い夕飯を兼ねて飲みだしたのであった。

「そりゃ確かに、南の山辺の旦那も、いくら松浦様に似ていても死んでしまっては白黒をつけるのは難しい——とは言われましたが……」

「しかし、あれほど旦那と似た人間が、江戸に何人もいるとは思えませんけど……」

寅松が言うと、松吉が脇から、

「だけど、山辺の旦那が二軒長屋の隣の空き部屋まで家捜ししても、刀は見つからなかったな」

「そりゃ、久」と松吉。

「刀はどこかに隠して、辻斬りの時にだけ、それを差して出かけるのさ」

「うむ」由造が頷いて、

「それに、生き証人のお梅《うめ》が、あの夜の男は参太だと言ったわけだからなあ」

「お梅は間違っておらん」と竜之介。

「第一の事件の時に、お梅を手籠《てごめ》にしたのは、参太だろう」

「え……？」

「だが、佐島屋《さじまや》の主人を斬ったのは、参太ではない」

「それは、どういうことで……」

「二人一組――辻斬り役と手籠役は、別にいたのだよ」

「あっ」

由造たちは顔を見合わせた。

「わしは、ずっと不思議だった……世の中には、わしに似た者もいるだろう――勿論《もちろん》、わしと同じか、それ以上の剣客《けんかく》もいるに違いない――」

「………」

「だが、わしにそっくりで剣も遣《つか》うというのは、都合が良すぎるのではないか。そんなに偶然が重なるものだろうか……で、匕首《あいくち》を刺された参太を抱き起こした時に、おかしいと思った。なぜなら、参太の軀《からだ》は、武術で鍛えた者のそれではなかったからだ」

「あ、なるほどっ」

寅松は膝を叩いた。

「それで、あの時、奇妙だとおっしゃったんですね」

「うむ……参太に剣が扱えるとは思えぬ。しかし、現実には、佐島屋のみならず、梶沢《かじさわ》藩の兵法指南役も札付きの無頼浪人も斬られている——そこから、斬ったのと手籠にしたのは、別の者だとわかったのだ。つまり、ふたり竜之介——松浦竜之介の偽者は二人いる——ということだな。深夜だから、人斬り役も手籠役も同じ格好をして、軒下の暗がりか何かに隠れて、途中で互いに入れ替わったのだ」

「ははあ……」

竜之介の明快な推理と知恵の逞《たくま》しさに、一同はしばらくの間、言葉が出なかった。

「それで——」と由造。

「偽者は、相手を斬る時は頭巾のままで、女を手籠にする時は、わざわざ顔を見せていたんですね」

「そうだ。参太が辻斬り役も兼ねていたら、頭巾を被る必要もなかっただろう」

「情夫《いろ》を斬られたお波《なみ》が逃げ出した時、いつの間にか、偽者が前に立っていたというのも、手籠役の参太がそこで待ち伏せしてたわけですな」

「するってえと」寅松が身を乗り出して、

「あの狐顔の野郎が、いきなり参太を刺したのも、辻斬り役を庇《かば》うためだったんですね。参太の口から、もう一人の偽者のことを喋られると困るから」

「そういうことだな」

竜之介は溜息《ためいき》をついて、

「今度のことは、わしの手落ちだ」

「え」

「本物の松浦竜之介が突然、目の前に現れたので、狐顔の男はどんな言い訳も出来ないと観念したのだろう……だから、とっさに参太を刺殺したのだ」

「…………」

「わしが焦《あせ》っていたのだ……」

声を落とす、竜之介なのだ。

「手強《てごわ》い相手だから、一瞬で勝負をつけるつもりだった……その殺気を、あの男は察したのだろうな。初手《しょて》は、親分たちに任せた方が良かったのかも知れぬ」

「でも、竜之介様」と由造。

「参太が辻斬り役なら、あっしたちこそ一瞬で斬られていましたよ。それを心配なすって、ご自分で乗りこまれたのでしょう」

「まあ……そうではあるが」

「ふ、ふ。あっしたちは、その竜之介様の情の深いところに惚れているんで」

由造は、二人の乾分《こぶん》と寅松の方を見て、

「こいつらだって、そういう気持ちで働いているんでさあ」

「そうですよ」

「親分の言う通り」

松吉と久八が言うと、寅松も袖《そで》まくりして、

「竜之介旦那のためなら火の中水の中――ってやつでさあ」

「わしのような者のために……有り難いことだ」

竜之介は頭を下げた。

「旦那……」

由造たちは、しんみりとしてしまう。

「おっと、いけねえ」

寅松が膝を叩いて、

「親分も松兄ィも久兄ィも、通夜でもねえのに大の男が涙ぐんでちゃ、おかしい」

「そういう寅松兄ィも、目から何か落ちてるぜ」

「へへ……こいつは汗だ。まだ残暑だからねえ」

「うむ、寅松の言う通りだ」由造が言った。

「今夜は陽気に飲んで、みんなで明日から、また頑張ろうじゃねえか」

「そうと決まったら――」

寅松は立ち上がって、襖《ふすま》を開くと、階段の下へ向かって、

「おい、姐《ねえ》さん。酒を、じゃんじゃん頼むぜっ」

二

翌日――下っ引の半次《はんじ》は腹を空《す》かしていた。

長屋を出る前に握り飯を一つ食べたのだが、それっきり、正午《ひる》まで何も口にしていないのだ。

昨日も今日も、日本橋の北側から内神田《うちかんだ》一帯を足を棒にしてまわり、旅籠《はたご》を一軒ずつ虱潰《しらみつぶ》しに当たって、潮田亥十郎《うしおだいじゅうろう》が宿泊していないか、調べているのだ。

何しろ、一度、馬喰町《ばくろちょう》で逃しているので、調べるのも慎重に慎重を重ねている。

旅籠にいきなり当たるのではなく、しばらく周囲から観察して、聞きこみなど

をした上で、旅籠の奉公人からそれとなく聞き出すという手順なので、時間がかかるのだ。

本業は提灯《ちょうちん》職人の半次だが、根っからの捕物好きで、白銀町《しろがねちょう》の由造に頼みこんで下っ引にしてもらったのである。

しかも、一昨日、潮田浪人に逃げられた件は、自分に責任があると思いこんで、名誉挽回のために頑張っているのだった。

「お」

佐柄木町《さえきちょう》の街角に、焼き団子の屋台があるのが見えた。

「こいつは、ありがたい」

焼き団子は、串に刺した団子に砂糖醤油を塗って炙《あぶ》ったもので、看板に〈二本で三文《もん》〉と書いてある。

「親爺《おやじ》。とりあえず、四本くれ」

半次は腹掛けの内側の丼《どんぶり》から小銭を取り出して、屋台に置いた。

「へい、毎度」

愛想良く言って、親爺は湯呑みに水を入れて出した。

「こいつは、団子のおまけで」

「おお、助かるぜ」

喉を鳴らして水を飲み干した半次が、ふと、親爺の肩越しに見ると、通りの向こう側を編笠《あみがさ》を被った老剣客《ろうけんかく》が歩いている。

潮田亥十郎であった。

「あ……」

驚きのあまり、半次は声も出なくなった。亥十郎は、〈白根屋《しらねや》〉という旅籠へ入っていく。

「親爺っ」

「へい、もうすぐ焼けますよ」

半次は湯呑みを置いて、

「団子は要《い》らねえ」

「え」

「銭はそこに置いたから、おめえが喰ってくれっ」

懐《ふところ》から手拭いを出して、半次は、さっと頰被《ほおかぶ》りをした。

そして、通りを斜めに渡って、白根屋の二間先の瀬戸物屋の脇へ行く。

それから、ゆっくりした足取りで白根屋の前を通り過ぎた。

横目で窺《うかが》うと、土間に亥十郎の姿はないので、部屋へ入ったのだろう。

ここに宿泊していることは、間違いなさそうだ。

（しめたっ）

手近な自身番に向かって、半次は駆け出した。

三

「いやあ、女髪結《おんなかみゆ》いのお崎の奴、泣くわ、怒鳴るわ、茶碗を投げつけるわ……大変な騒ぎだったそうで」

由造が、苦笑交《ま》じりに報告する。

阿部川町《あべかわちょう》の家で、由造は例の二軒長屋に寄ってから、ここへ来たのだった。

「まあ、お崎としては惚れた男が殺されたのだから、取り乱すのも仕方のないことだが……」

松平竜之介は言った。

「とにかく、山辺の旦那が宥《なだ》めすかして、取り調べをしたそうですが――狐顔の男には、お崎は会ったこともないそうです。参太は時々、夜中まで博奕《ばくち》をしてくるので、辻斬りのあった夜も別に怪《あや》しまなかった——とか」

「賭場《どば》で狐顔の男と知り合いになり、わしに似ているので辻斬りの仲間に引きこまれたのかな」

「そうかも知れませんね。それと、お崎が覚えている限りでは、参太は剣術の話とかは一度もしていません」

「ううむ……わしの名前を騙《かた》って辻斬りを働き、参太に女を手籠《てごめ》にさせる……辻斬り役は、よほど深い恨みがあるのだな」

「今までに竜之介様が倒した強敵の縁者《えんじゃ》でしょうか」

「なるほど……それは思いつかなかった」

竜之介は眉をひそめる。

「誰かの仇討《あだう》ちか……」

これまで立ち合った剣豪や忍《しの》び者《もの》、死《し》客人《かくにん》の顔が、脳裏に浮かんだ。

「まあ、仇討ちと申しましても、逆恨《さかうら》みですね。竜之介様が斬ったのは、悪い奴らばかりですから」

「うむ……」

その時、

「親分、由造親分っ、こちらですかっ」

玄関の方から、けたたましい声がした。

「あれは半次ですよ」

由造は立ち上がって、座敷を出ながら、

「おう。半次、こっちだ」

この家へ来る前に、由造はあちこちの自身番に、「うちの下っ引が来たら、俺は阿部川町にいると言ってくれ」と頼んでおいたのである。

「良かった……み、見つけましたっ」

そう言いながら、半次が飛びこんで来たので、

「何っ」

竜之介も、さっと立ち上がった。

「潮田亥十郎殿を見つけたのか」

「へい、へいっ」

半次は座りこんで、呼吸を整えてから、

「……佐柄木町の…白根屋という旅籠《はたご》です。入って行くのを見ました……それで、すぐに素っ飛んで来たわけで」

「よし。半次、走れるか」

「水を一杯もらえば……」

「わしが汲《く》んで来よう」

竜之介が、台所へ行こうとするので、

「いや、いや、あっしがっ」

あわてて、由造が台所へ向かった。

四

「――お客様」

敷居際に座った番頭の定助《ていすけ》が、下から掬《すく》い上げるように潮田亥十郎を見た。

「何かご不自由はございませんか」

「いや、別に。よくして貰っておる」

亥十郎は答える。

そこは――旅籠〈白根屋〉の奥の部屋だ。

「ははあ、そうでございますか……」

わざとらしく、定助は視線を逸《そ》らす。

「――番頭」

亥十郎は、少し強い口調で言った。

「何か言いたいことがあるのなら、はっきり申せ。こちらの肚《はら》を探るような話し方は、無礼だろう」

「い、いいえ、探るだなんて、そんな……」

定助は狼狽《うろた》えつつ、懐《ふところ》から手紙を取り出した。

「実は、先ほど、嫌な目つきの狐《きつね》みたいな顔をした奴が、これをお客様へと――」

「なぜ、それを先に言わぬ」

手を出さずに、亥十郎は定助の顔を真っ直ぐに見る。

「悪い奴が、お客様を脅《おど》しているのではないかと気がかりで……それで……」

「そうか――いらぬ心配をかけたな」

軽蔑の顔つきになった亥十郎は、一朱銀《いっしゅぎん》を放る。

それをさっと拾い上げた定助は、にこっと笑って、部屋へ入ってきた。恭《うやうや》しく、両手で手紙を差し出す。

それを受け取った亥十郎は、表書きがないのを見てから、中身に目を通した。

「ふむ……」

中身を二度読んでから、懐に入れた。そして、大刀を手にして、立ち上がる。

「番頭――」

「へい」

「出かけて来る」

「お気をつけて……」

五

神田橋の近く、江戸城の濠に面した護持院ヶ原は、大火を防ぐための火除《ひよ》け地である。

そこは、五代将軍綱吉《つなよし》の生母である桂昌院《けいしょういん》が、祈禱僧《きとうそう》の隆光《りゅうこう》のために建立した元禄山《げんろくざん》護持院の跡地であった。

その広大な無人の草原に、潮田亥十郎が足を踏み入れる。

夏の終わりの陽射しに、草のにおいが濃い。

中央に立って編笠《あみがさ》を外し、周囲を見まわした。

ややあって、右手の木立《こだち》の中から、藍色《あいいろ》の着流し姿の浪人が出て来る。

総髪《そうがみ》を結《ゆ》い上げて、髭《ひげ》も綺麗に剃っていた。

年齢は、二十六、七か。美男子ではないが、整った顔立ちをしている。

しかし、眉宇《びう》と口元に尋常ならざる険があった。

この男――乾神酒之助《いぬいみきのすけ》という。

「……神酒之助、久しいな。六年ぶりになる」

「先生もご壮健で、何よりです」

神酒之助は、少しだけ会釈した。この二人は、師弟であるようだ。

「本当に壮健なのを喜んでくれるほどの温かい心があれば……わしが町方を連れて来るのではないか――と疑って木立の中に潜《ひそ》んでいるのは、筋が通るまい」

「………」

「辻斬りは楽しいか」

「どうして、それをご存じで？」

「存じてはおらぬ――数年ぶりに江戸へ戻って辻斬りの話を聞いた時に、そなたの仕業《しわざ》だと直感した」

「………」

「丸腰の町人、大名家の兵法指南役、場数を踏んだ無頼浪人——少しずつ相手の難しさを上げていくところに、計算高いそなたらしさを見たのだ」

「どうも、先生にはかないませんな」

神酒之助は、口の端《は》に笑みを浮かべた。

「まるで、わたしのことは何でも知っているようだ」

「何でも知っていれば、檻《おり》から出したりはせん」

「——」

神酒之助の顔が強《こわ》ばった。表情が消えて、血の通わぬ鋼《はがね》の面《めん》のようになる。

「そなたをあの檻から出したのは、この潮田亥十郎、一生の不覚であった」

苦渋に満ちた候で、亥十郎は言った。

「で——私に会いたいという用件は、なんですかな」

「わかっておろう……師として、不始末をしでかした弟子は、責任をとって処分せねばならぬ」

「斬れますかね、私を」

神酒之助は冷たく言う。

「先生はご存じないでしょうが——私は六年前とは比べものにならぬくらい、強くなりましたよ」

「最前から、わかっておる……なかなかの闘気《とうき》だ」

亥十郎は少し笑って、

「だが、わしも六年前のわしではない」

そう言って編笠を捨てると、すらりと大刀を抜いた。

「む……」

神酒之助は一歩、退《さ》がった。

亥十郎の抜刀の動きが、実に自然で力みのないものだったからだ。

「それが、枯淡《こたん》の境地というやつですか――」

神酒之助は、さっと大刀を引き抜く。

見えない剣圧が、周囲の草を薙《な》いだようであった。

「邪剣だな……」

正眼に構えた亥十郎が、思わず呟《つぶや》く。

「だが……邪剣としては、最も高い境地に達しているようだ」

「初めて褒めてくれましたね」

これも正眼に構えた神酒之助だ。

「そなたの剣才は、最初からわかっておる……口に出さぬでも、その成長が、老いゆくわしの生き甲斐でもあった」

「……」

「妻を亡くしただけではなく、晩年にこのような哀しみが待っているとは……わしの生涯は何であったのだろうか――と思う……」

淡々とした口調の中に、底知れぬ絶望がこもっている。

「……」

神酒之助の顔が一瞬、歪《ゆが》んだように見えた。

「来い、尾上一刀流《おのえいっとうりゅう》の真髄を見せてやる」

亥十郎が、左足を退《ひ》いた。

「ぬ……」

正眼の切っ先を持ち上げて、神酒之助は上段になる。

ややあって――神酒之助は、だっと斬りこんだ。

大きく振りかぶった大刀を、亥十郎の額《ひたい》に向かって振り下ろす。

亥十郎もまた、上段に転じた大刀を、同じ軌道で振り下ろす。

金属音が轟《とどろ》き渡り、亥十郎の剣が外側へ弾かれた。

尾上一刀流の〈切羽《せっぱ》〉であった。神陰《しんかげ》流でいうところの〈合到撃《がっしう》ち〉である。

神酒之助の大刀が亥十郎の頭部を断ち割るかのように見えた――その瞬間、外側に弾かれたはずの亥十郎の剣がくるりと廻り、神酒之助の剣を左へ払った。

そして畳みこんだ左の肘《ひじ》が伸びて、その剣先が神酒之助の喉元へ突き入れられる。

これが、返し技〈切羽破り〉なのであった。

「おっ」

後ろへ退くのも、右か左へかわすのも、間に合わない。

神酒之助は自ら横向きに倒れた。倒れることによって、辛うじて剣先をかわす。

倒れた瞬間に二回転して距離をとると、神酒之助は、素早く起きて片膝立ちになりながら、右で大刀を横に振る。

亥十郎に接近を許さぬためだ。

が、潮田亥十郎は元の位置のままであった。

「立て――」

元の正眼に戻って、亥十郎は静かに言う。

「ぬう………」

歯嚙みしながら、神酒之助は立ち上がった。

右の脇構えになって、師と対峙する。

呼吸を整えてから——神酒之助は突進した。

袈裟《けさ》懸《が》けに斬りつける。

亥十郎は、その刃をX字型に受け止めようとした。

その瞬間、神酒之助は右足と右肘を退いて、剣を引く。

亥十郎の剣が、止めるべき相手を失って左へ流れた。

その時には、大きく剣を回した神酒之助が、再び袈裟懸けに振り下ろす。

「ぐっ」

亥十郎は後退したつもりだったが、思った以上に神酒之助の剣が延びた。

左肩を斬り割られた亥十郎は、地面に右膝を突いてしまう。

「貰ったっ」

止どめを刺すべく、神酒之助が踏みこんだ時、亥十郎の右手の大刀が横薙ぎを繰り出した。

「わっ」

跳び退いたつもりだったが、神酒之助は右の臑《すね》を浅く斬られた。

が、大量に出血している亥十郎は、立ち上がることが出来ない。

「よしっ」

右足の怪我は無視して、神酒之助は師に突きを入れようとした。

その時、

「——待てっ」

天を割るような一喝《いっかつ》が、護持院ヶ原に轟き渡った。

「貴様はっ!?」

乾神酒之助は、若竹色の着流し姿の武士が草原に飛びこんで来るのを見た。

松平竜之介であった。

第九章　神官《しんかん》の檻《おり》

一

　その少し前——松平竜之介《たつのすけ》と由造《よしぞう》、半次《はんじ》の三人は、佐柄木町《さえきちよう》の旅籠《はたご》〈白根屋《しらねや》〉に着いた。

「半次、お前は裏に回ってくれ」

「へい——」

　念のために半次を裏口に配置して、由造は、白根屋の土間へ入った。

「御免《ごめん》よ」

　声をかけると、すぐに番頭の定助《ていすけ》が出て来た。

「これは親分、お役目ご苦労様でございます」

　由造と面識のある定助は、頭を下げる。

「番頭さん――潮田亥十郎《うしおだいじゆうろう》という御浪人が、泊まっているはずだが」

「へい。一昨日《おととい》から、お泊まりでございます。今はお留守ですが……」

「留守？　出かけたのか」

「狐《きつね》みたいな顔をした男が、文《ふみ》を届けに来ましてね。それに目を通したら、すぐにお出かけになりました」

「行く先は、言わなかったのかね」

「へい。ただ、出かけてくる――とだけ」

小狡そうな顔つきで、定助は言う。

その時、外にいた竜之介が、土間へ入って来た。

「番頭――」

そう言って、剝《む》き出しの一分金《いちぶきん》を放る。

「へっ？」

定助は反射的に、それを受け止めた。

「今は、寸《すん》の間《ま》も惜しい」と竜之介。

「その方《ほう》は、渡す前に文に目を通しただろう。潮田殿は、どこへ行った」

「へ、へい……護持院《ごじいん》ヶ原《はら》で待つ、神酒《みき》――とだけ」

「神酒――それが、偽者《にせもの》の名前か……親分、先に行くぞっ」

そう言うなり、竜之介は飛び出して行った。

「おい、番頭さん」

由造は、じろりと定助を見て、

「今日は先を急ぐが――おめえが俺に、潮田浪人の行き先を言わなかったことは、ちゃんと覚えておくぜ」

「ひっ」

定助は青ざめて、へたり込んだ。


竜之介が三河町《みかわちょう》の通りを走り抜けて、鎌倉河岸《がし》に出る直前、御宿稲荷《おんじゆくいなり》の方から飛び出して来た男があった。

「こら、待てっ」

吠えるように叫びながら、両腕を広げて行く手に立ちはだかる。

「む……太田殿ではないか」

それは、梶沢《かじさわ》藩馬廻り役の太田真兵衛《しんべえ》であった。

「あ、松浦様でしたか」

太田は、途端に表情を和《やわ》らげる。

「これはご無礼しました、その着流し姿だったので、てっきり例の奴かと……」

師である兵法指南役・木谷惣八郎《きたにそうはちろう》を斬った偽竜之介を求めて、同輩とともに江戸中を捜しまわっていた太田真兵衛なのだ。

「良いところで会った」と竜之介。

「太田殿、辻斬りの居場所がわかった。一緒に来てくれるか」

「何ですとっ」

太田は、喰いつくように言った。

「参りますぞ、地獄の果てまでもっ」

そこへ追いついた由造と半次も合流して、竜之介たち四人は、護持院ヶ原へ向かったのである。

二

「わしは、本物の松浦竜之介だ――その方《ほう》の名を聞こう」

護持院ヶ原の草原に、由造たちとやって来た竜之介が言った。

「今から死に行く者に名乗っても、意味はないが……俺は乾神酒之助《いぬいみきのすけ》という」

神酒之助が嗤《わら》う。

「なにゆえに、参太《さんた》という役者くずれと組んで、わしの名を騙《かた》り、辻斬りを繰り返したのだ」

「ふ、ふ……」

神酒之助は、大刀を下段に構える。

「理由《わけ》はあるが――それを語るよりも、貴様を斬った方が楽しそうだ」

「いや……わしが、その方を斬るのだ」

竜之介は大刀を抜いた。静かに正眼に構える。

その時、ひゅっ…と何かが飛来した。

「むっ」

竜之介は、それを大刀の峰で払う。

地面に斜めに突き刺さったそれは、五寸釘《ごすんくぎ》を平たくしたような棒手裏剣であった。

「――乾の旦那、こいつは俺に任せてくれっ」

竜之介の前に現れたのは、忍び装束の小男であった。

怪異な容貌で、肩幅が広く蟹《かに》のような体型をしている。

左腕の肘《ひじ》から先には、革製の義腕を嵌《は》めていた。

「その方は……異那津魔《いなづま》、生きていたのか」

かつて、タメニ屋事件の時に、〈白鬚《しらひげ》のご隠居〉こと二宮徳翁《にのみやとくおう》が、竜之介に差し向けた忍び者であった。

革製の腹帯をしめて、それに棒手裏剣が何本も差してある。

「死ぬものかよ。貴様に斬り落とされた、この左腕の恨みを晴らすまではな」

憎悪に燃える眼で、異那津魔は言った。それから、背後の神酒之助に向かって、

「大事の前の小事だ、旦那、引いてくれ」

「む……」

神酒之助は迷っていたが、そこへ狐顔《きつねがお》の長平《ちょうへい》と二人の浪人者が飛び出して来た。

「旦那、さあ、行きましょう。足の傷の手当てをしねえと――」

長平に促《うなが》されて、神酒之助は去る。

そして、二人の浪人は、太田真兵衛や由造の方へ向かった。

「太田殿、怪我人を頼むっ」

竜之介は異那津魔から目を離さずに、後ろの太田に言った。

「心得ましたっ」

真兵衛は刀を抜いて、由造たちに「手当は任せたぞ」と言う。そして、二人の浪人に立ち向かった。

「さあ、嬲《なぶ》り殺しにしてやろうか」

異那津魔は、左腕の義腕を外した。

すると、一尺ほどの肉厚の刃《やいば》が現れる。腕の切断面に、直《じか》に装着しているのだ。

「それは……」

「この腕刀《うでがたな》で、最後はお前の首を斬り落としてやるぜ」

革の義腕を帯の後ろに差して、異那津魔は、にたりと嗤った。

「む……」

突然、竜之介の頭に閃《ひらめ》くものがあった。

「ひょっとして、中間《ちゅうげん》の弥助《やすけ》や丁稚《でっち》小僧の太吉《たきち》を襲ったのは、その方か」

「そうともよ」と異那津魔。

「中間の首は見事に落としたが、小僧の方はやり損なった。土埃《つちぼこり》を煙幕代わりにしたが、そのために小僧が思いもしない動きをしちまったんだな」

姿を見せぬ〈かまいたち〉の正体は、死客人《しかくにん》ではなく怪忍者であったのだ。

「許せぬ――」

右八双《みぎはっそう》に構えて、竜之介は一歩、前に出た。

「それは、こっちの言うこったっ」

異那津魔は、右手で棒手裏剣を打つ。

竜之介がそれを叩き落とした時には、異那津魔は高々と跳躍し、木の幹を蹴って竜之介の頭上を飛んだ。

飛びながら、左の腕刀を振るう。

竜之介は身を低くして、大刀で相手の腕刀を引っ外した。

異那津魔はくるりと回転して、一間《いっけん》半ほど先の地面に降り立つ。

「ちっ」

舌打ちをした異那津魔は、二本の棒手裏剣を同時に打った。

竜之介は、その二本を連続して大刀の峰で払った。

一本は地面に落ちて、もう一本は松の幹に突き刺さる。

「棒手裏剣に頼るのか」

嘲《あざけ》るように、竜之介は言った。

「異那津魔。もう、曲芸まがいの跳躍には疲れ果てたと見えるな」

「何を言いやがるっ」

かっとなった異那津魔は、竜之介に突進した。

身を縮めると、地面を蹴って高々と跳躍する。

その瞬間、竜之介は松の幹から棒手裏剣を引き抜いた。そして、空中の異那津魔に向かって、打つ。

「わっ」

異那津魔は、己《おの》が棒手裏剣を腕刀で払い落とした。

その隙《すき》を逃さず、竜之介の大刀が閃く。

音もなく、異那津魔は着地した。

「――――」

振り向いて、何か言おうとして口を開いたが、言葉ではなく血が噴き出す。

竜之介に、空中で斜めに斬られていたのだった。

異那津魔は、前のめりに倒れた。

「あ、異那津魔が斬られたっ」

「いかん、引けっ」

太田と斬り合っていた二人の浪人者は、脱兎《だっと》の如く逃げ出した。

竜之介は大刀を納めると、太田真兵衛に近づいた。

「太田殿、大丈夫かな」

「はい。大変な奴ですな、あの忍者は」

これも納刀して、太田は言う。一人で浪人者二人を相手にした闘いだったが、手傷は負っていない。

「わしを憎むあまり、隙があった。もっと冷静で慎重な者であったら、危なかったな」

そう言ってから、倒れている潮田亥十郎の方へ行く。

由造と半次が、手拭いで仮の血止めをしていた。

「潮田殿、気を確かに」

亥十郎は、ゆっくりと目を開いて、

「そなたは……」

「わしは松浦竜之介、小梅村《こうめむら》の市右衛門《いちえもん》の知り人だ」

「おお、そなたが……」

「今、医者のところへ運ぶので、話はそれから」

それから、竜之介は半次に、

「すまんが、戸板を用意してくれ――」

三

鎌倉町に沼津《ぬまづ》相沢《そうたく》という評判の良い外科の医者がいたので、戸板に乗せた潮田亥十郎は、そこへ担ぎこまれた。

相沢が傷口の縫合《ほうごう》をしている間に、竜之介は簡単な手紙を書いて、「駕籠《かご》を使って、小梅村の市右衛門に届けてくれ」と、半次に頼む。

「出来るだけのことはしたが、かなり血を失ったようなので……難しいですな。今夜が峠です」

沼津相沢は、由造にそう告げた。

「松浦殿……」

夜具に横たわった亥十郎が、竜之介を呼ぶ。

「息のあるうちに、神酒之助のことを話しておきたい」

「無理はされぬ方がよい」

「あの者の責任は、わしにあるので……」

潮田亥十郎の話によれば――十数年前、信州のある城下町で神社の神主と親しくなり、しばらくの間、その家に滞在した。

ある時、その家の下男と下女が、蔵の中から食べ物の膳を下げるのを見た。

労咳《ろうがい》の患者を家族に伝染《うつ》らないように隔離しているか――と思った。

が、蔵の前へ言ってみると、中から、ひゅっ、ひゅっ、ひゅっ…という音がする。

木刀を振って、空を裂くような音であった。

扉が施錠《せじょう》されていなかったので、蔵の中に入ってみると、その奥に〈檻《おり》〉がある。

座敷牢を、さらに頑丈にしたような造りである。

その檻の中に、少年がいた。

十歳を幾つも出ていないだろう。髪は、伸び放題の蓬髪《ほうはつ》であった。

寝間着らしい裾《すそ》の短い着物を着て、片膝立ちになっている。

そして、左手でお手玉を放り投げて、それが落ちて来るまでの間に、手刀で落下の空間を斬っているのだった。

「――そなた、何をしている」

「見てわからないのか」

驚きもせずに、少年は言った。大人びた口調であった。

「これが手に落ちて来るまでの間に、何回、斬れるか、試している——最初は五、六回くらいだったが、今は二十回以上出来るな」

「ふうむ……暇潰しにしては、妙な遊びだな」

「遊びではない、仕返しの稽古だ」

「仕返し？」

「俺は何も悪いことをしていないのに、この檻に閉じこめられた。檻から出る機会があったら——この神社の奴らは皆殺しにしてやる」

少年は顔を上げて、よく光る眼で亥十郎を見つめた。

「木刀も竹刀《しない》もないから、素手の手刀で稽古している。何もしないと、軀《からだ》が衰えるばかりだからな」

「人を殺すのは、良くないことだぞ」

「は、ははは」

少年は、おかしそうに笑った。

「腰に大小を差しているお侍が、それを言うのか」

「これは、人殺しのための道具ではない。武士は、正しいことのために剣を振るうのだ」

「そうかな？　では、檻の中に自分の子供を何年も閉じこめるのは、正しいことかな」

「……………」

「まあ、いい」

そう言って、少年は、お手玉を放り投げた。

右の手刀が閃《ひらめ》き、お手玉が左手に落ちる。

「ふん、二十六回……今まで最高だ」

得意そうに、少年は言った。

その様子を見た亥十郎は、無言で蔵から出た。

そして、神官に「伺いたいことがあるのだが」と言って、無断で蔵に入ったことを詫びて、少年のことを訊《き》いたのである。

「ご覧になりましたか……」

神主は、深々と嘆息した。

少年は神主の次男だが、小さい時から虫を捕まえては、足や羽根をばらばらに千切るのが好きだった。

成長するにつれて、それが小動物にまで及び、十歳の時に鉈《なた》を持ちだして、猫や犬の首を切断するようになったのだ。

父親である神主が厳しく叱責したが、少年は犬猫狩りをやめない。

「そして、ついに……村の子を鉈で殺しそうになったのです。危うく、近くにいた者が止めましたが……このままでは皆が安心して暮らせず、かといって、神職の家から縄付きを出すわけにもいかない……思い悩んだ末に、蔵の中に檻を造って、あの子を閉じこめました――」

さすがに餓死させるわけにはいかないので、食事だけは与えているという。

「相談がある――」亥十郎は言った。

「あの子を、わしに預けてはくれまいか」

「何ですと」

「わしは、あの子には剣の才能があると見た。剣術を教えて、人道を踏み外さぬように鍛えてみたい。どうだろうか」

「し、しかし……檻から出したら、あの子は、わたくしどもを皆殺しにするかも知れませぬ……」

「それについては、少々、考えがある」

翌日――少年は檻から出された。

亥十郎は少年に木刀を与えて、「まず、これでわしを撃ち殺してみよ」と言ったのである。

少年は何の躊躇《ためら》いもなく、本気で撃ちかかってきた。

無論、亥十郎の軀に、その木刀は届かない。

亥十郎は、少年の足を払って、投げ飛ばした。

全身が打身と擦《す》り傷だらけになっても、少年は向かって来た。

さらに容赦なく、亥十郎は、少年を放り投げた。

ついに少年が動けなくなったところで、亥十郎は、気絶した彼を背負って、

「では、お預かりする――」

神官に頭を下げて、亥十郎は城下町をあとにしたのである。

夜になって野宿となった時、亥十郎は辻堂《つじどう》に泊まることにした。

木《き》連《つれ》格子《ごうし》から射しこむ月光で、少年を眺めながら、

「どうだ、わしに手籠《てごめ》にされて悔しいか」

この場合の手籠とは、為《な》す術《すべ》もなく叩きのめされることをいう。

「……悔しい」

少年は呟《つぶや》いた。

「そうか」と亥十郎。

「ならば、剣を教えてやろう。上達すれば、わしを斬れるかも知れんぞ」

「本当か、剣を教えてくれるのかっ」

少年は飛び起きて、体中が発する痛みに呻《うめ》いた。

「教えるとも。あの檻の中の手刀の稽古を見て、わかった――そなたには、剣才がある」

「剣才……」

「その前に、そなたの名を決めよう。剣客《けんかく》として、何と名乗りたいかな」

生家である神社との関わりを棄てるために、亥十郎は、そう言った。

「神酒之助」

即座に、少年は言う。

「神酒之助……うむ、悪くないな」

神社に関係のある名にしたところが、やはり、実家になにがしかの未練があるのか――と亥十郎は考えた。

「では、姓は——乾はどうか。わしの母の姓だ」

「乾、神酒之助……俺は今日から、乾神酒之助か」

少年は、その新しい名前に陶酔したように、何度も繰り返した……。

「そうして、二人で旅をしながら剣術修業をさせたのですが——神酒之助の剣才は、わしの予想を越えたもので……二十歳になった時には、五本勝負でわしが一本取られるようになりました」

「ふうむ……」

「そして、あの日、突然——本当に突然に、旅籠《はたご》から消えたのです」

旅籠の者に訊くと、神酒之助は旅姿で出て行った——という。

実家に仕返しに行ったのか——そう考えた亥十郎は、ただちに、例の城下町に向かった。

幸い、神社は無事であった。

亥十郎は、それから三日間、林の中に潜んで、干飯《ほしい》を噛みながら神社を見張った。

しかし、神酒之助は姿を見せなかったのである。

（違うな……復讐のために、わしから離れたのではなかった……）

亥十郎は、そう結論づけた……。

「つまり――」と亥十郎は言う。

「神酒之助は、わしと旅をして、世の中の要領というものを学んだのですな。旅籠の泊まり方、道場での立ち合いの作法……そういうものを一通り知って、自分だけで旅が出来る自信がついたのでしょう。だから、わしの元から去った――」

「それが、六年前？」

「そうです……」

亥十郎は頷いて、

「生まれのせいか、神酒之助は神社仏閣を好みました。旅の途中で寺社があると、必ず参詣する――ですから、辻斬りが神酒之助の仕業《しわざ》ではないかと考えた時、わしは江戸中の寺社を廻って見ることにしたのです」

結局、昨日、普賢寺《ふげんじ》から出て来たところで、由造たちに追われる狐顔の男を見て、今日の師弟再会に繋がったわけだ。

「――竜之介殿」

亥十郎は右手で、竜之介の腕を握り締めた。

「あの怪忍者との闘いを見ました。神酒之助の凶行を止められるのは、貴方《あなた》しかいない。必ず斬ってください――乾神酒之助を」

「承《うけたまわ》りました」と竜之介。

「必ず、神酒之助は私が斬ります」

「有り難い……」

口元を綻《ほころ》ばせた亥十郎の右手から、力が抜けた。畳に、右手が落ちる。

沼津相沢が、その手をとって脈を確認して、

「亡くなられました――」

四

大番頭《おおばんがしら》・伊東長門守保典《ながとのかみやすのり》の屋敷は、愛宕下《あたごした》にある。

松平竜之介が、盟友である伊東屋敷を訪れたのは、その日の夕刻であった。

「これは、竜之介様。急なお越しで、何か事件でも……」

出迎えた長門守は、竜之介の眉宇《びう》にただならぬ翳《かげ》を見ていた。

「それが長門殿、かなり曖昧《あいまい》な話なのだが――」

竜之介は、辻斬り事件について、これまでのことを説明した。

そして、偽《にせ》竜之介が乾神酒之助なる者であること、その師である潮田亥十郎は護持院ヶ原で神酒之助に斬られて果てたことも、話した。

「ここで問題なのは、神酒之助の仲間は狐顔の長平だけではなく、忍び者の異那津魔と二人の浪人者であったことだ」

「異那津魔というのは、二宮徳翁の配下でしたな」

長門守も、厳しい表情になる。

「左様。そして、その二宮徳翁の正体は――」

二人は顔を見合わせた。

口に出すまでもなく、徳翁は一橋穆翁《ひとつばしぼくおう》の変名である。

一橋穆翁――一橋治済卿《はるさだきょう》は、十一代将軍家斉《いえなり》の実父であり、幕閣の黒幕であった。

竜之介は、家斎の娘・桜姫《さくらひめ》の婿《むこ》だから、形式的には、穆翁は竜之介の義理の祖父になる。

「つまり……竜之介様の名を騙《かた》った辻斬り事件は、穆翁様の指図であった――と」

「おそらく」

「その目的は、竜之介様に対する嫌がらせですか」

「これまで、わしは何度も穆翁様の悪事の邪魔をして、命も狙われた……確かに、松浦竜之介の名で辻斬りを働き、わしに似た者に女を手籠《てごめ》にさせて濡れ衣を着せれば、ひどい嫌がらせになる。だが――」

竜之介は、長門守を見つめて、

「異那津魔の言った〈大事の前の小事〉というのが、気にかかる」

「辻斬り以上の何かを企《たくら》んでいる――という風にとれますな」

「そこで思い出されるのが、役者くずれの参太が今わの際《きわ》に言った、〈もと〉という言葉だ。それだけでは意味がわからぬが、その前に参太は〈みず〉と言った」

竜之介は、それを「水を飲みたい」という意味に解した。

「だが、潮田殿の告白を聞いた後に、わしは、ふと思いついた。参太は、水野と言いたかったのではないか――と」

「水野……」

「今の老中筆頭は、水野越前守殿」

「あっ」

長門守は、手にしていた白扇で膝を叩いた。

水野越前守《えちぜんのかみ》忠邦《ただくに》は家斉の片腕であり、隠密剣豪としての竜之介の功績もよく知っている人物である。

そして、政事《まつりごと》を牛耳《ぎゅうじ》ろうとしている一橋穆翁の存在を、憂慮《ゆうりょ》している者であった。

「竜之介様。それは、つまり……」

「辻斬り事件は前哨戦であって、本当の目的は、松浦竜之介を騙る暗殺者に、己《おの》れにとって邪魔な水野越前守を斬らせること――これが、異那津魔の言っていた〈大事〉ではないかと思う」

だから、本物の松浦竜之介が目の前に現れた瞬間、長平は匕首《あいくち》で参太を刺し殺したのだろう。

参太が竜之介にかなうはずはなく、捕まれば老中筆頭暗殺計画を話してしまうに違いないからだ。

「しかし……その松浦竜之介が偽者であることは、もう歴然としておりますが」

「穆翁様にとっては、それは構わないのだろう。松浦竜之介を名乗る者が幕閣の重臣を斬ったというだけで、充分にわしの名誉を瀆《けが》すことになるのだから。つまり、一石二鳥というわけだな」

「ふうむ……」

長門守は考えこんで、

「確かに曖昧な話であり、竜之介様の推測に過ぎないかも知れませんが……筋は通っておりますな――しかし、その乾神酒之助と二人の浪人者は、いつ、どこで、水野様を襲うつもりでしょう」

「そこで気になるのが、〈もと〉だ」

「はい」

「それが手がかりだと思うが、わしにもわからぬ……それゆえ、水野家の用人《ようにん》を呼んで、それを聞いてみたらどうか――と思うのだが」

「今の用人は、岡部四郎三郎《しろうさぶろう》殿でしたな。わかりました。今、文《ふみ》を書いて、水野様の屋敷に届けさせましょう――」

水野越前守の上屋敷は、日比谷堀《ひびやぼり》と馬場先堀《ばばさき》に囲まれた西ノ丸下にある。広さは、四千九百坪ほどだ。

老中としての役宅を兼ねており手狭なので、ここに同居できない妻子は、三田《みた》の下屋敷に住んでいるという。

竜之介と長門守は、酒を飲みながら岡部用人の到着を待った。

一刻《いっとき》ほどして――家来の一人が来て、敷居際に手をついた。

「殿──」

「おう、岡部殿が到着したか」

「いえ、それが……」

何か言おうとした時、廊下を足音が近づいて来た。家来は、さっと端《はし》に退《さ》がって、平伏する。

「──お邪魔しますぞ」

現れたのは岡部用人ではなく、水野越前守その人であった。

五

「これは……」

すぐに、伊東長門守は下座に移ろうとしたが、

「いやいや、勝手に押しかけたのはわしだ。微行《しのび》だし、竜之介様もおられる。礼儀作法は忘れて、気楽にしよう」

そう言って、座りこんだ水野越前守は、

「初めて御意《ぎょい》を得ます。老中筆頭を務めおります、水野越前守忠邦でございま

す」

丁寧に頭を下げた。

「鳳《おおとり》藩の若隠居で、今は浪人同然の松平竜之介。見知り置きください」

竜之介も頭を下げる。

「いやあ、長門殿が竜之介様と楽しく歓談されていると聞いて、前々から羨《うらや》ましく思っておりました。今夜は、わしも仲間入りできて大変嬉しい」

快活《かいかつ》に言う越前守であった。

すぐに、新しい酒肴《しゅこう》の膳が運ばれて来る。

互いに酌をし合って、盃《さかずき》を干してから、

「それで――わしに、何かお尋《たず》ねになりたいことがあるそうで」

「はい。わたくしから、説明させていただきます」

伊東長門守が、辻斬りのことから潮田亥十郎の死のことまで、詳しく話した。

「それで――」と竜之介。

「本当に水野殿が乾神酒之助に襲われるとしたら、登城の際ではないと思う。西ノ丸下の屋敷から江戸城へ入るまでの途中は町屋もなく、浪人が隠れているのは難しい」

「そうですな」

「で、〈もと〉というのが、襲撃に関わる手がかりだと思うのだが……」

「なるほど」

頷いて、越前守は盃を置いた。

「それについて、心当たりがございます」

あまりにあっさりと肯定されたので、竜之介と長門守の方が驚いた。

「わしの下屋敷のひとつが中渋谷村《なかしぶやむら》にあるのですが――五年ほど前に、娘の八重《やえ》が病《やまい》に伏せりましてな。その時に、わたくしが近くにある目黒の富士塚に詣でて、木花之佐久夜毘売《このはなのさくやびめ》に快癒《かいゆ》祈願をしたところ、娘はほどなく全快いたしました」

江戸時代に盛んであった富士山信仰によって作られた築山《つきやま》を、富士塚と呼ぶ。

富士から運んだ黒い火山石を積み上げたり、元からある小山を利用して、それを富士山に見立てて参詣するのである。

石祠《せきし》のある富士塚の頂上に立てば、西南の方に本物の富士の姿を見る事が出来た。

最初に造られたのは安永《あんえい》九年で、江戸府内には数十の富士塚があるという。

「それで毎年、その時と同じ七月十八日に、わしは富士塚を詣でることにしています」

「目黒には、富士塚が二つありますが……」

文化《ぶんか》二年に目黒坂に、高さ十二メートルの富士塚が造られた。

これが目黒富士だが、文政《ぶんせい》二年に別所坂《べつしょざか》にも富士塚が造られている。

「古い方の富士塚です。地元の者は、元《もと》富士と呼んでおりますな」

「元富士……〈もと〉とは、それかっ」

竜之介は、拳《こぶし》で掌《てのひら》を打った。

つまり、参太は「水野老中が元富士で襲われる」と告げようとしたのだろう。

「他の参詣客の妨《さまた》げにならぬように、夜明け近くに中渋谷村の下屋敷を駕籠《かご》で出て、供の者も三、四人にしております」

「七月十八日――今日は十六日ですから、明後日ですな」

竜之介は言った。

「あの近くは田畑と林ばかりで、襲撃には絶好の場所と言えます」

長門守も言う。

「水野殿の供の人数がそのくらいならば……襲撃するのは乾神酒之助だが、二人の浪人者だけではなく、たぶん、もう、二、三人は集めるでしょうな」

駕籠を抱えている陸尺《ろくしゃく》は別として、供が四人であれば、浪人者も同数を揃えるだろう――というのが、竜之介の意見であった。

供侍一人に浪人者が一人対している間に、神酒之助が越前守を斬る――という想定だ。

「とにかく、これは……神酒之助一味を捕縛《ほばく》するまでは、水野様には元富士への参詣を控えていただかないといけませんな」

長門守の言葉に、水野越前守は、

「いや――わしは、いつものように十八日の未明に参詣に出るつもりだ」

「何ですと」

「おそらく、明日一日で神酒之助一味の隠れ家を見つけるのは、困難だろう。それに、参詣を延期や中止にしたところで、わしを邪魔と思う穆翁様は、命を狙い続けるに違いない。ならば、ここで襲撃を受けて撃退すべきだと思う」

「わしも、そう思う」と竜之介。

「いつ、どこで狙われるかわからぬよりも、ここで襲われるとわかっていた方が対処しやすい」

「しかし……」

「長門殿。水野殿の駕籠には、この竜之介が蔭供《かげとも》をする。そして、必ずや、神酒之助を倒してみせる」

決意を露《あら》わにして言う、竜之介であった。

「ただ、駕籠の中は、誰か身代わりの者を立てた方が良いと思うのだが……」

「竜之介様」越前守は微笑する。

「刺客《しかく》の襲撃を怖れて家臣を身代わりにしたとあっては、越前守、武士の一分《いちぶん》が立ちません。老中筆頭としても、不甲斐なきこと。ここで命を惜しめば、ますます穆翁様に侮《あなど》られましょう」

「確かに……水野殿の潔《いさぎよ》いお覚悟、感服《かんぷく》致しました」

膝に両手を置いて、竜之介は頭を下げた。

「まことに」

長門守も頭を下げる。

「では――」竜之介は頭を上げると、

「盃を交わしながら、穆翁様の企《たくら》みを粉砕するために、詳しい相談をしますか」

第十章　暁《あかつき》の襲撃

一

松平竜之介《たつのすけ》が、伊東家の駕籠《かご》で阿部川町《あべかわちょう》の家に帰ると、由造《よしぞう》と太田真兵衛《しんべえ》が待っていた。

「二人とも、遅くまで待たせて済まなかったな」

「とんでもございません」と由造。

「お久婆《ひさばあ》さんが支度をしてくれたので、太田様とちびちびやりながら、お待ちしていました」

二人の脇には、酒肴《しゅこう》の膳が置いてあった。

「松平様」

太田は姿勢を改めて、両手をついた。

「知らぬこととは言いながら、これまでの数々のご無礼、お許しくださいませ」

そう言って、深々と叩頭《こうとう》する。

由造から、竜之介の本当の身分を聞かされたのだろう。

「いやいや、浪人同然の竜之介なので、気になさるな」

竜之介は微笑して言った。

「ところで、あれから——」

「はい。竜之介様が伊東屋敷へ行かれて、かなりしてから、市右衛門《いちえもん》さんが駕籠で駆けつけてホトケと対面しました。もう、大変な嘆きようで……」

「そうだろうなあ」

「沼津《ぬまづ》先生だけでなく、あっしや半次《はんじ》や太田様にも丁寧にお礼を言われて、大八車に棺《かん》を乗せて潮田《うしおだ》さんを引き取られました」

「この事件が一段落したら、小梅村《こうめむら》に線香を上げに行こう……ところで」

竜之介は、二人の顔を見てから、

「やはり、乾神酒之助《いぬいみきのすけ》は水野越前守殿を狙っているようだ」

「老中筆頭の水野様を……しかし、登城を狙うとしても、供侍《ともざむらい》だけでも相当の人数のはずですが」

太田が言った。

「ところが、登城や下城の行列を襲うわけではないのだ」

竜之介は、伊東屋敷でわかったことを、二人に説明してやる。

「だから、明日の晩、わしも中渋谷村《なかしぶやむら》へ行って、水野殿から紹介された下屋敷近くの寺に泊まり、未明の出発に蔭供《かげとも》をするつもりだ」

「なるほど……御老中というのは、立派な御方《おかた》ですねえ」

由造が感心していると、太田が緊張した顔になって、

「松平様――」

「竜之介と呼んでくれ」

「では、竜之介様。差し出たことを申し上げるようですが……敵が神酒之助を筆頭に五人というのは、少し甘いように思います」

「そうだろうか」

「確かに、護持院《ごじいん》ヶ原《がはら》に現れた浪人者は二人でした。しかし、それは、異那津魔《いなづま》なる怪忍者がいたからでしょう」

「うむ」

「拙者《せっしゃ》なら、倍の十人は集めます。水野様に対して神酒之助、供侍四人と陸尺《ろくしゃく》が

四人の八人に対して浪人者が九人――仮にも老中筆頭を襲うのですから、討ち洩らすことがないように」

「ふうむ……」

「もっとも、陸尺の一人だけは、わざと浅手《あさで》の傷にしておいて、襲撃した者は松浦竜之介と名乗っていた――と証言させるのでしょうが」

「そうだろうな」

「竜之介様、拙者にも手伝わせていただけませんか」

太田は、躙《にじ》り寄った。

「佐々木与市《よいち》と石原鉄蔵《てつぞう》も、喜んで参加するでしょう。三人で、木谷《きたに》先生と弥助《やすけ》の仇討《あだう》ちをしたいのです。竜之介様のお手伝いをすれば、先生と弥助の墓に仇敵《かたき》は討ったと報告できます」

「しかし、そなたたちは梶沢《かじさわ》藩士だ。幕閣の暗闘に巻きこまれては……」

「身分がどうこうでしたら、三人で脱藩いたします」

「太田様。それは、ご短慮な」

脇から由造が言うと、

「短慮ではないっ」

太田はそう言ってから、竜之介の方を見て、

「拙者如きにも隠さずに打ち明けてくださった一橋穆翁《ひとつばしぼくおう》様の企み《たくら》……これは許せるものではありません。武士として、その陰謀を打ち砕きたいのです。仮に、その闘いで命を落とそうとも、父母も御先祖も、真兵衛良くやった――と褒めてくださるでしょう」

「……………」

竜之介は少し考えてから、

「わかった。お三方《さんかた》に、加わっていただこう」

「竜之介様っ」

「水野家の供侍を増やすと、敵に勘づかれる怖れがある。わしたち四人で蔭供をすれば、供侍四人と合わせて八人――敵が十人でも大丈夫だろう」

「はいっ」

嬉しそうに、太田は頷いた。

「相手が十人でも二十人でも、神酒之助以外は、腕前以前に金で雇われただけの烏《う》合《ごう》の衆《しゅう》――命を捨てる覚悟の八人には叶うまい」

「はい、その通りでっ」

感動のあまり、太田真兵衛は涙ぐんでいた。

「由造、頼みがある」

「あっしも蔭供の仲間に……」

「そうではない。明朝、元富士を参詣に行ってほしいのだ」

「へえ？」

「ちゃんと富士塚の頂上まで上がって、浅間神社の石祠《せきし》に参ってから、周囲をよく見てきてほしい。そして、戻ったら、掛け茶屋や人家、脇道、林の位置などの詳しい見取り図を書いてくれ」

「ははあ、なるほど」

「わしや太田殿が行ったのでは、暗殺計画に気づいたのでは――と敵に気取られる怖れがあるから、近づけない」

「わかりました」と由造。

「酒の好きな職人の親方にでも化けて、行って参ります」

それから、太田の方を見て、

「あっしだけ仲間はずれかと思って、冷や冷やしましたよ」

「いやいや、親分の器量なら、竜之介様がのけ者にするはずがない。ははは」

明るく笑い合って、静かに覚悟を決める三人であった。

二

「旦那、まだ飲んでるんですかい。足の傷に障りますぜ」

「そう言うな、長平《ちょうへい》。傷は縫って貰ったから、大丈夫だ」

乾神酒之助は、晒《さら》し布を巻いた右の臑《すね》を撫でて、

「今夜は、異那津魔の通夜だからな」

「へえ……」

「お前も飲め」

神酒之助は、徳利を突き出した。

「じゃあ、遠慮なく」

狐顔《きつねがお》の長平は、猪口《ちょこ》に酒を注いで貰う。

松平竜之介と由造、太田真兵衛が、阿部川町で話しこんでいるのと同時刻。

そこは――渋谷広尾町《ひろおちょう》の外れにある一軒家であった。

一橋穆翁が、江戸のあちこちに所有している家作《かさく》のひとつである。

元は富商の寮――つまり、別宅であった。板塀《いたべい》に囲まれて、部屋数は七つ、風呂まで付いていた。

神酒之助たちがいるのは八畳間で、居間になる。障子を開け放しているので、小望月《こもちづき》に照らされた中庭が見えていた。

ここから元富士までは、数百メートルの距離である。

「みんなは、どうしている」

「通いの爺《じい》さんの作った肴《さかな》で、飲んでますよ」

護持院ヶ原に現れた二人の浪人――前島隆作《りゅうさく》と加藤又助《またすけ》が声をかけて集めた浪人者が、十名。

前金が五両、後金が十五両――合計二十両という報酬につられた者たちで、達人とは言えないが、人を斬った経験のある者ばかりだ。

実戦の場では、人斬りの経験の有無が剣の腕前よりも勝敗を左右する――というのが、穆翁に現場を任された神酒之助の考えであった。

一人一人に剣を構えさせてみたが、「まあ、使えるだろう」という者ばかりである。

神酒之助を含めると、十三名の暗殺団ということになるのだ。

無論、明後日の朝、誰を襲撃するかは、彼らには教えていない。

「あいつら、飲むと女が欲しくなるだろう」

「まあ、そうですね」

「広尾には、岡場所があるのか」

「女中を兼ねた妓《おんな》を置いた料理屋なら、一軒ありますよ」

「では、遊びたい者は遊んできて良い」

「へへえ……」

ちょっと驚いた長平である。この男に、そんな温情があるとは思わなかったのだ。

「わかりました。そう伝えて来ます」

長平は、居間を出て行った。

しばらくして、奥の部屋で「おお」という歓呼の声が上がる。

すぐに、前島隆作が来て、敷居際に両手をついた。

「お心遣い、有り難く存じます。では、交代で行かせていただきます」

「大いに鋭気を養ってきてくれ」

「はい」

「ただし、明日の正午《ひる》までには必ず戻ること。以後は朝まで外出禁止だ」

「承知致しました」

もう一度、頭を下げてから、前島浪人は去った。

「ふん……」

もしも、帰参に遅れる者があったら、その場で斬るつもりの神酒之助であった。

だが、それは口に出す必要はない。

それで、暗殺団の数が一人か二人減ったところで、残った者の気持ちを引き締める効果の方が大きいだろう。

「良い月だな……」

猪口を手にしたまま、神酒之助は、夜空を見上げる。

――松平竜之介に左腕を切断された異那津魔は、穆翁が手配した医師の手厚い治療を受けて、忍者として復活した。

まだ、異那津魔が浜町《はまちょう》の隠居屋敷に伏せっている時に、その小部屋に見舞いに来た神酒之助に、自分の身の上話を語って聞かせたことがある。

容貌と矮軀《わいく》を実の両親から疎《うと》んじられた異那津魔は、幼くして軽業《かるわざ》一座に売られたのだという。

そこで芸人として暮らしたが、親方の残酷な折檻《せっかん》に耐えられなくなり、十四の時に逃げ出したのだそうだ。

それから、掻っ払いを始めとして様々な悪事に手を染めた異那津魔は、二十歳を過ぎた時には優秀な死客人《しかくにん》になっていた。

そして、一橋穆翁の依頼を見事に果たした功績から、穆翁の子飼いとなったのである。

なお、その数年後に、江戸に興行に来た例の軽業一座の親方を、異那津魔は見つけた。

当て落として掠《さら》った親方を、異那津魔は、二刻《ふたとき》――四時間かけて嬲《なぶ》り殺しにしたという……。

「俺は御前《ごぜん》以外に恩義のある人はいなかったが、乾の旦那が二人目になった……血を流しすぎて動けなくなった俺を、この屋敷まで運んでくれなかったら、俺は野犬と鴉《からす》の餌食《えじき》になってたよ……」

「お前に運があったのさ」と神酒之助は言った。

「おい大丈夫か――と話しかけた時に、お前が、浜町の一橋様の隠居屋敷へ連れてってくれ――と口をきかなかったら、俺は見捨てていたさ」

近くの農家の者に頼んで、大八車で異那津魔を隠居屋敷に運んだ神酒之助であった。

「へ、へへ。俺はしぶといからね……もう少し血が流れていたら、口がきけなかったな」

「恩に着ることはない。神か仏か知らぬが、お前はまだ生きていて良い——と思ったのだろう」

「神仏じゃなかろう、悪鬼か邪神かな」

「おかげで、俺は、この屋敷で無為徒食《むいとしょく》に明け暮れている。恩に着るのは、俺の方かも知れぬ」

「無為徒食じゃねえよ、旦那」

　異那津魔は真顔になって、

「今に、何か大きな役目を言いつけられる——御前は、そういう御方《おかた》さ」

　異那津魔を運んで来た農夫を、その場で家臣に斬らせた穆翁なのである。その冷酷さに、神酒之助も目を見張ったものだ。

「それも良かろう……どうせ、生きる目的もなく、剣術以外には能のない俺だ」

「会いたい人間は、いねえのかね。俺は、親にも兄弟にも会いたくないが……」

「そうだな」

神酒之助は、少し考えてから、

「俺に剣術を仕込んでくれた先生には、会いたいと思わぬこともない……不義理をしているが」

「そりゃ、いつか会えるよ」

「うむ……」

「俺の勘は当たるんだぜ、旦那」

そう言った時の異那津魔の子供のような得意げな顔つきを、神酒之助は思い出していた。

「異那津魔……お前の勘は当たったよ」

縁側の柱にもたれかかったまま、神酒之助は呟《つぶや》く。

「お前も見た通り……先生に再会して、俺は斬った、この手でな」

月に雲がかかり、乾神酒之助の顔が翳《かげ》った。

「もう、俺には、会いたい人は誰もいなくなってしまった……」

三

七月十八日、東の空が白み始めた頃――水野家中渋谷村下屋敷の表門が、重々しく開いた。

水野越前守忠邦《ただくに》を乗せた黒い御忍駕籠《おしのびかご》が、三人の陸尺《ろくしやく》に担がれて出て来た。

その駕籠の左右に、四名の供侍《ともざむらい》が付いている。提灯《ちようちん》を持った中間《ちゆうげん》が、先頭に立って行く手の地面を照らしていた。

駕籠の一行は、田畑の中の細い農道を、西南に向かって進む。目黒の元富士までは、約十町――一キロ強の距離だ。

「周囲に異常はないようだな」

少し離れた繁みの中で、松平竜之介が言った。

「へい」と由造。

「やっぱり、竜之介様のお考え通り、神酒之助たちは元富士の近くで襲うつもりでしょうね」

「下屋敷に近いと、水野殿を討つのに手間取っている間に、応援の家臣たちが駆けつける怖れがあるからな……では、我々も行くか」

竜之介と由造は、駕籠の左側を見ながら、繁みから繁みへと移動する。

梶沢藩士の太田真兵衛、佐々木与市、石原鉄蔵の三人は、駕籠の右側を見る位置から蔭供《かげとも》をしているのだ。

「そういえば、二番目の屋根屋の女房ですが、亭主が呼び戻したそうですよ。仲人の大家が、ずいぶんと説得したそうですが」

「そうか……それは良かったな」

竜之介はそう言ってから、

(お新《しん》たちは、まだ眠っているであろう……)

ふと、そんなことを思う。

一昨日《おととい》の夜、由造から、青山の愛妻御殿《あいしょう》で一晩過ごしてはどうか――と勧められた竜之介である。

しかし、三人妻は、彼のただならぬ気配に気づいてしまうだろう。彼女たちは引き留めはすまいが、それでも、別れ際が辛《つら》くなる。

だから、竜之介は、神酒之助との対決を終えて事件が落着するまでは、青山には帰らないと決めていた。

乾神酒之助は強敵である。

（お新、桜姫《さくらひめ》、志乃《しの》……花梨《かりん》……わしは必ず、生きて帰るからな）

竜之介は、胸の中で決意を新たにした
中渋谷村と下渋谷村の境の道を、駕籠は何事もなく進み、空は少しずつ明るくなってきた。

中間は、提灯を消している。

周囲は、田畑と木立《こだち》ばかり。江戸の街中とは全く違う、まことに鄙《ひな》びた風景であった。

やがて、道は三田《みた》用水の手前で二叉《ふたまた》に分かれた。

ここまでが江戸町奉行所の担当区域であり、この先の荏原郡《えばらごおり》は関東郡代の担当地域になる。

用水に架かる橋を渡ると、そこは上目黒村だ。

また、道は二叉に分かれて、両方とも上り坂になっていた。この左側の坂が、目《め》切坂《きりざか》である。

水野越前守の駕籠は、二町以上ある目切坂を上り始めた。

周囲は雑木林が多いので、竜之介たちは蔭供をしやすい。

だが、逆に考えると、乾神酒之助が率いる暗殺団も襲いやすいということになるのだ。

やがて、元富士が見えて来た。

高さは四丈《じょう》――十二メートルほどで、中腹から生えている大きな松の木は、富士塚の天辺よりもさらに高く伸びている。

毎年六月になると、山開きとして富士塚に上ることが出来るのだ。

その麓には掛け茶屋や屋台があり、頂上の浅間《せんげん》神社の石祠《せきし》に参って下りてきた人々が、ゆっくり休めるようになっている。

だが、今は夜が明けたばかりの時間なので、他の参詣客はいないだろうし、まだ掛け茶屋も開いていない。

御忍駕籠は、雑木林の中の道を進んでいく。この林を抜ければ、元富士の麓だ。

「むっ」

竜之介は、左奥の繁みの蔭に動く人影を見つけた。

「親分、来るぞっ」

そう言ってから、竜之介は道へ出て、だっと駆け出した。それを見たらしく、太田真兵衛たち三人も、道へ飛び出して来る。

「うおぉーっ」

左奥から、吠え声を上げて十三名の暗殺団が、駕籠の一行の前に飛び出して来た。

その時には、竜之介は、駕籠に追いついていた。

暗殺団の先頭は、刀を振りかざした前島隆作であった。

「あっ」

駆けてきた竜之介を見て、驚愕《きょうがく》する。

竜之介は足を止めずに、彼の脇を駆け抜ける。擦《す》れ違いながら、抜刀していた。

「わァっ」

左の脇腹を断ち割られた前島浪人は、地面に横様《よこざま》に倒れこんだ。

さらに、竜之介は、右手にいた固太りの浪人者を、斜めに斬り下げる。

「げっ」

かわす間もなく、固太りの浪人者は朱《しゅ》に染まって倒れた。

他の浪人者たちは、駕籠の方へ向かっている。

陸尺たちは駕籠を地面に置いて、右往左往していた。

「松浦竜之介……来たのかっ」

頭巾を被り、若竹色の着流し姿をした乾神酒之助が立ちはだかった。まだ、刀を抜いていない。

「老中筆頭を亡き者にせんとする卑劣な企《たくら》み、この竜之介が許さぬ」

竜之介の後方では、太田たちと水野家の家臣たち七人が、加藤又助ら十人の浪人者と斬り合っていた。

水野越前守も、駕籠から出て脇差を抜いている。木刀を構えた中間がその前に立ち、主人を庇《かば》っていた。

「そうか……ちょうど良い」

神酒之助は嗤《わら》って、頭巾を毟《むし》り取る。

本物が現れた以上、もう、竜之介を装うことは無意味なのだ。

「水野越前を始末してから、貴様には果たし合いを申しこむつもりだった――だが、そちらから出向いてくれたので、この場で二人とも始末できる」

「そうは、いかん。わしが、その方《ほう》を斬る。潮田亥十郎《いじゅうろう》殿にも頼まれたからな」

「何っ」

神酒之助は、わずかに動揺した。

「そうか。先生は、まだ息があったのか……」

竜之介は、ちらっと駕籠の方を見た。

すでに三人の浪人者が斬られて、敵味方は七対七の同数になっている。太田真兵衛が、奮戦しているようであった。

「そなたの生い立ちも聞いた」

神酒之助に向き直って、竜之介は言う。

「だが、不幸な過去は、決して今の悪行《あくぎょう》の言い訳にはならぬ」

「黙れっ」

神酒之助は、獣《けもの》のように白い歯を剝《む》いた。

「来い――邪魔の入らぬところで、二人だけで勝負だ」

四

雑木林の奥へ入る乾神酒之助に、納刀した松平竜之介は続いた。

奥に、三十坪ばかり下草もない空間があった。

早朝の強い陽射しが、林の中に斜めにさしこんでいる。急に、気温が上がったようであった。

立ち止まった神酒之助は、振り向いて、

「公平を期するために、言っておくことがある」

「何だな」

「俺は、貴様の相斬刀《あいざんとう》を見たことがある」

「どこで……」

驚いて、竜之介は尋ねた。

「二月《ふたつき》ほど前――浅草の慶印寺《けいいんじ》の近くでだ」

それは、タメニ屋事件で、犯罪組織の人斬り屋・野村浩次郎《こうじろう》と勝負した時のことであろう。

「わしは、まるで気づかなかったな」

「そうだろう。俺は野宿できる場所を捜しているうちに、貴様が袴《はかま》姿の奴と闘っているのを、偶然、目撃したのだ。無論、気配を悟られぬように、遠目からだよ」

「ふうむ……」

「潮田先生に聞いたことがある。我が尾上一刀流《おのえいっとうりゅう》に切羽《せっぱ》があるように、神陰流《しんかげ》には合到撃《がっちう》ちがあり、泰山流《たいざん》には相斬刀がある――と。これは皆、同じ剣理の業《わざ》だという」

「……」

「貴様の勝負の行方を見届けてから、厄介事に関わり合いにならぬように、俺はその場を離れた。そうしたら、繁みの中で片腕を斬り落とされて唸《うな》っている男を見つけてな。それが、異那津魔だった」

「それで……一橋穆翁様の手下になったのか」

「まあ、そういうことだ」と神酒之助。

「そして、御前から貴様の本当の身分を教えて貰ったのだ――松平竜之介という名をな」

「松浦であろうと松平であろうと、わしが竜之介という人間であることに変わりはない」

「言うなっ」

神酒之助は大刀を抜いた。

「貴様は全《すべ》てを持っている……俺が持つことの出来なかったもの全てを……だから、許せぬ。御前に命じられた通りに辻斬りで貴様の名を瀆《けが》し、その上で、必ず斬ると決めていたのだ」

「愚かな……」

竜之介も剣を抜く。

「貴様のように御蚕包《おかいこぐる》みで恵まれた暮らしをして来た奴に、実の親に檻《おり》に入れられた人間の気持ちはわからんっ」

「……」

自分は実の父に暗殺されかかったことがある——と竜之介が打ち明けても、神酒之助は信じないだろう。まして、その父親と和解して、今は酒を酌み交わす仲であることも。

どこかで、雀《すずめ》が鳴いていた。

二人は三間《けん》ほどの距離で、正眼で向かい合う。

「尾上一刀流、乾神酒之助……切羽で参るっ」

「泰山流、松平竜之介……相斬刀にてお相手しよう」

神酒之助が、大刀を上段に構えた。竜之介も上段になる。

互いに、相手の剣圧を肌で感じていた。

ややあって——滑るように二人は間合を詰めた。

「ぬんっ」

「おうっ」

同時に、大刀を同じ軌道で振り下ろす。

一つの空間に、二つの物質は同時に存在できない。だから、より粘りのある方が、相手の剣を外側へ弾き出すのだ。

林の中に名状しがたい音が響き渡り、竜之介の大刀は右へ弾かれた——が、神酒之助の大刀もまた、外側へ弾かれのである。

二人の技量は、ほほ同一だったのだ。

その瞬間、竜之介は手首を返して、相手の胴を横薙《よこな》ぎにしようとする。神酒之助も手首を返し、袈裟懸《けさが》けに斬ろうとした。

刃《やいば》と刃が激突し、二人は、さっと斜めに跳び退《さ》がった。

「貴様、やるな……」

「わしも……同じことを思っている」

「実に許しがたい奴だ……」

神酒之助は、剣を下段に構えた。竜之介は再び、中段に構える。

「とうっ」

いきなり跳びこんで、神酒之助は斜め上に斬り上げた。

竜之介はそれを右へ払って、左へ回りこんだ。

払われた神酒之助は、上段に構えた。竜之介は、中段に戻る。

神酒之助が、さらに大上段になると——竜之介は、柄の端を握った左手を上に滑らせた。

右手と左手が密着する。柄頭《つかがしら》から拳《こぶし》ひとつ分の柄が、剝《む》き出しになった。

神酒之助は、その変化に気づかない。

先ほどから、右足の傷が痛み出しているのだ。切羽と相斬刀が激突した時に、その衝撃で縫った傷が開いたのだろう。

血が滲み出して、草履《ぞうり》を濡らしているようだ。闘いが長引けば、血で草履が滑って不利になる。

「えええぃいっ」

意地でも切羽で勝つために、激烈な気合とともに大刀を振り下ろす。

が、それよりも早く、竜之介が、大刀を振りかぶるようにした。

柄の先端部が、振り下ろした神酒之助の大刀の柄頭にぶち当たり、斜め右へ弾き上げる。

「あっ」

神酒之助の剣と彼の頭部の間が、切り立った谷間のようにV字型に開いた。

その開いた空間に、竜之介の剣が振り下ろされる。

刃の物打ちが、神酒之助の首の付根《つけね》に触れた。そして、竜之介は剣を手前に引く。

「……………っ!?」

首を半ばまで斬り割られて、信じられぬという表情のまま、神酒之助は後方へ倒れた。

夥《おびただ》しい血が地面に流れる。

「泰山流奥義《おうぎ》、谷渡《たにわた》り――」

竜之介はそう言って、血振《ちぶ》りした。

その声が神酒之助に聞こえたのかどうか、わからない。

神酒之助は、晴れ渡った空を見上げたまま、弱々しく唇を動かし、そして息絶えた。

せんせい――と言ったようであった。

竜之介が左手を移動させたのに気づかなかったのが、神酒之助の敗因であろう。

「――」

納刀した竜之介は、絶命した神酒之助を片手拝みする。

竜之介の背中は、汗で濡れていた。

これまでで最強の敵であった。

もしも、神酒之助が潮田亥十郎のもとを離れずに、真面目に修業を続けていたら、竜之介は勝てなかったかも知れない。

もっとも、その場合は、二人が刃を交える理由がなくなるわけだが……。

竜之介は、駕籠の方へ戻った。

暗殺団のほとんどが死傷し、立っているのは加藤又助と小柄な浪人者の二人だけであった。

太田真兵衛と水野家の家臣二人が、浅手《あさで》を負っている。

「あっ、竜之介様っ」

十手を構えて陸尺たちを守っていた由造が、嬉しそうに叫んだ。

全員が動きを止めて、竜之介の方を見る。

加藤浪人たちは、ぎょっとしたようであった。

「もう、やめておけ――その方たちの頭《かしら》の神酒之助は、わしが斬った」

竜之介の言葉を訊いた加藤浪人たちは、泣きそうな顔になって、大刀を放り捨てる。

「命だけは助けてくれっ」

「俺たちは、金で雇われただけなんだっ」

二人は文字通り、土下座をした。

「で——その雇った相手は今、どこにいる？」

五

それから八日後の夜——阿部川町の家に、松平竜之介とお京《きょう》とお梅《うめ》がいた。

「ああ……竜之介様」

「怖いくらい巨《おお》きい……」

お京とお梅は下裳《したも》一枚の半裸で、仁王立ちになった竜之介の前に跪《ひざまず》いている。

全裸の竜之介の股間からは、肉の凶器が斜めにそそり立っていた。

そして、お京は丸々と膨れ上がった玉冠部《ぎょくかんぶ》を、お梅は長大な茎部を、愛情をこめて舐めまわしている。

あの後——由造と佐々木与市、石原鉄蔵の三人は、広尾の隠れ家へ走った。

加藤浪人たちが白状したとも知らずに、暗殺団の帰りを待っていた長平は、「御用だっ」と叫んで居間に飛びこんで来た由造に仰天した。

すぐに裏口から逃げようとしたが、そこで待っていた佐々木と石原に棒切れで打ち据えられて、気絶してしまう。

そして、水野家下屋敷へ担ぎこまれると、水野越前守の前に引き据えられた。手の指を二、三本折られただけで、元は船頭だという長平は、油紙に火がついたように喋りまくったのである。

暗殺団を差し向けたのは一橋穆翁であると、確実な証言はとれた。しかし、それを聞いた時の水野越前と竜之介は、暗い表情になったものである。

由造は、土地の御用聞きに暗殺団の死体の始末を頼んだ。そして、竜之介に守られて、長平を町駕籠で南町奉行所へ護送したのだ。

その翌日――由造が浮かない顔をして、阿部川町の家へやって来た。

「竜之介様。申し訳ないことに……長平が死にました」

「殺されたのか」

「夜中に牢の中で苦しみだして、あっけなく息を引き取ったそうです。医者は頓死《とんし》だと言ってますが……」

「一服盛られたのかな」

暗殺団の生き残った者たちも、依頼者に会っていないし、名前は聞いていない。

広尾の隠れ家は、表向きは小石川《こいしかわ》の酒問屋の名義になっているが、その店は廃業しており、主人たちの行方はわからなかった。

「仕方がない」竜之介は言った。

「仮に、穆翁様の自筆の命令書があったとしても、偽筆《ぎひつ》だ――と言われれば、それまでだ。今回は、水野殿が無事で辻斬りも倒したのだから、穆翁様の目論見《もくろみ》は阻止できた。わしらの勝ちだよ」

「ええ……そうですね」

由造は、ほっとした表情になった……。

「飲ませて……竜之介様ァ」

お京がせがむので、竜之介は、濃厚な聖液を彼女の喉の奥に放ち、たっぷりと嚥下《えんげ》させた。その時、お梅は竜之介の玉袋を舐めている。

それから、四《よ》ん這《ば》いになったお京の下裳を剥《は》いで、竜之介は、茜色《あかねいろ》の後門を舌と唇と指で愛撫した。充分に括約筋《かつやくきん》が解れると、お梅がしゃぶっていた男根を、そこへあてがう。

巨根で十八歳の臀孔《しりあな》を貫くと、お京は苦痛と歓喜の入り混じった叫びを上げた。丁稚《でっち》小僧の太吉《たきち》は傷の回復も順調で、奉公を続けられるらしい。

強烈な締めつけを味わいながら、竜之介は、ゆっくりと腰を使う。

（親分にはあのように言ったが……どちらに転んでも、わしらの敗《ま》けだったな）

牝犬《めすいぬ》の姿勢の娘の臀肉を鷲《わし》づかみにして、後門姦を続けながら、竜之介は考える。

（暗殺は阻止したが、一橋穆翁様は、邪魔と思ったら老中筆頭でも容赦なく始末しようとする恐ろしい人物——という事実を、幕閣の要人たちは知ってしまった。これで、表立って穆翁様に逆らう者は誰もいなくなるだろう……）

だが、竜之介は、絶対に穆翁に屈するつもりはなかった。

（わしは、わしの道を征《ゆ》く——ただ、それだけだ）

彼の後門を舐めていたお梅の舌先が、その奥にまで深々と挿入された。竜之介は、お京の内部に、白い溶岩流を吐出する。

今宵《こよい》は二十六夜待ちで、江戸では多くの人々が遅い月の出を待っている。この月を拝むと、幸福が訪れるという。

だが、今の松平竜之介は、二人の美女との果てしなく続く甘く濃厚な官能の宴《うたげ》を、心から愉《たの》しんでいるのであった。

あとがき

おかげさまで、本作で『若殿はつらいよ』シリーズは第二十巻の節目を迎えました。

物書きとしては初めての体験で、この嬉しさを言葉で表すことは難しいくらいです。

作者として、一作、一作、クオリティを落とさないように趣向を懲らして来たつもりですが、ここまで巻を重ねられたのは、読者の皆様の支援があってのこと。

有り難うございました。

今回は時代劇の定番である〈主人公の偽者〉の登場ですが、そこを鳴海流に工夫したつもりです（笑）。

第一巻のあとがきでも説明しましたが――この作品は、元々は「東京スポーツ」

紙に『若殿浪人MAN遊記』のタイトルで連載されたもので、徳間文庫で『艶色五十三次』全二巻にまとめられました。

それが、「プレイコミック」（秋田書店）で、時代漫画の巨匠・ケン月影さんによって漫画化された時に、タイトルが『若殿はつらいよ！』になったわけです。

なお、この漫画版は、ぶんか社コミックスで全四巻で刊行されています。

そして、小説の方は学研M文庫で二冊を合本にして、『艶色美女やぶり／若殿浪人乱れ旅』のタイトルで刊行されました。その書下ろしの続編が、『乱愛若殿／新・艶色美女やぶり』。

さらに、このコスミック・時代文庫に収録される時に、漫画版にタイトルに合わせて、シリーズのタイトルが『若殿はつらいよ』になったわけです。

漫画版のオリジナル・ストーリーの部分を小説化したのが、第四巻『秘黒子艶戯篇』から第七巻の『龍虎激突篇』まで。

そして、第八巻の『家康公秘伝』からは、本文庫のための書下ろしです。

これからも、正義のため美女のために活人剣を振るう若殿・松平竜之介の活躍を応援していただければ、幸いです。

さて、次は来年の三月に、『大江戸巨魂侍（仮題）』第一巻が刊行される予定ですので、よろしくお願いいたします。

二〇二四年十月

鳴海　丈

参考資料

『江戸の富士塚を歩く』竹ノ内洋一郎

（オフィスＨＡＮＳ）

その他

コスミック・時代文庫

若殿《わかとの》はつらいよ
ふたり竜之介邪淫剣

2024年11月25日　初版発行

【著 者】
鳴海《なるみ》　丈《たけし》

【発行者】
松岡太朗

【発 行】
株式会社コスミック出版
〒154-0002 東京都世田谷区下馬 6-15-4
代表　TEL.03(5432)7081
営業　TEL.03(5432)7084
FAX.03(5432)7088
編集　TEL.03(5432)7086
FAX.03(5432)7090

【ホームページ】
https://www.cosmicpub.com/

【振替口座】
00110-8-611382

【印刷／製本】
中央精版印刷株式会社

乱丁・落丁本は、小社へ直接お送り下さい。郵送料小社負担にて
お取り替え致します。定価はカバーに表示してあります。

ISBN978-4-7747-6605-8 C0193